花自在

高梁　高蕾　著

中国美术学院出版社
CHINA ACADEMY OF ART PRESS

十二花神还在不

这书，是两位女作家写的。一位以东方人的眼光看过去；另一位以西方人的眼光看过来。写完后，她们又请了几位男作家来写点评语。

我本来是反对用“男”“女”来区分作家的。但，在这里也只能是这样了。

女人看花是看自己，而男人看花就是看女人，所以有说“女人花”，没有说“男人花”的。尽管在宋代，男人戴花是时尚。

其实，男人比女人更喜欢花。“花间一壶酒”，是男人的梦想。这个网名和微信名我身边就有好多男性朋友在抢。

“惟恐夜深花睡去，故烧高烛照红妆。”也是只有男人才写得出来的句子。

这花，男也看女也看，东也看西也看，男也说女也说，东也说西也说。古人说“花如解语应多事”，我看是，人真的多事，花如解语，一定会被人烦死了。

花是不能轻狎的。人，头顶三尺有神灵；花，头顶三尺也是有神灵的。

清末大学者俞樾作《十二月花神议》，每位花神都注上了出处和理由再加上按语。“议之上”：正月梅花——何逊，二月兰花——屈平，三月桃花——刘晨、阮肇，四月牡丹花——李白，五月榴花——孔绍安，六月莲花——王俭，七月鸡冠花——陈后主，八月桂花——郄诜，九月菊花——陶渊明，十月芙蓉花——石曼卿，十一月山茶花——汤若士，十二月腊梅花——苏东坡、黄山谷，总领群花之神——迦叶尊者。

“议之下”：正月梅花——寿阳公主，二月杏花——阮文姬，三月桃花——息夫人，四月蔷薇花——丽娟，五月榴花——魏安德王妃李氏，六月莲花——晁采，七月玉簪花——汉武帝李夫人，八月桂花——唐太宗贤妃徐氏，九月菊花——晋武帝左贵嫔，十月芙蓉花——飞鸾、轻凤，十一月山茶花——杨太真，十二月水仙花——梁玉清，总领群花之神——魏夫人。

这里，“议之上”都是男神；而“议之下”则都是女神。尽管看起来好像是男女平等，但毕竟还是男在“上”、女在“下”。

“杂花生树”终要“落英缤纷”，而后，又是“杂花生树”……“杂花生树”就是“落英缤纷”。“杂花生树”和“落英缤纷”都是好玩的——那是要你“会”玩。明代高濂的《遵生八笺》中有“四时幽赏录”，说的是一年四季如何游玩杭州的风景。有“苏堤看桃花”，也有“西泠桥玩落花”。

清道光三十年（1850），俞樾赴京参加殿试，诗题为“淡烟疏雨落花天”，俞樾首句：“花落春仍在，天时尚艳阳”，深得主考官曾国藩赏识，拔置第一。后来，俞樾就把自己的斋名叫做“春在堂”，曾国藩题的匾额。其著述总汇亦称《春在堂全书》。

“落英缤纷”也就是“杂花生树”。所以，俞樾在《十二月花神议之上》“总领群花之神——迦叶尊者”的按语中说：“……既有群花，应有总领之者。昔迦叶尊者，于灵山会上百万众前，因世尊拈花，迦叶独破颜微笑，世尊遂付以正法眼藏。今以总领群花，色空空色，一以贯之矣。”

这书名叫《花自在》，其实，“自在”的花是不自在的，它会很寂寞。

王阳明说：“你未看此花时，此花与汝同归于寂；你来看此花时，则此花颜色一时明白起来。”

那么，你如果寂寞，去看看花吧，这样你们都不寂寞了；你如果不寂寞，也去看看花吧，让它也和你一样不寂寞。

是为序。

曹工化

己亥深秋木樨香中

目 录

满心喜乐，一树红颜

我相信，花和人一样，都是有性格的。茶花给人的第一印象是雍容大气，红得耀眼，白得炫目。一年四季，但凡看到茶花，它总是满心欢喜的样子，很直爽，从来不会藏着掖着。

茶花有着大而艳丽的花朵，花期也长。宋代诗人陆游曾写道："东园三月雨兼风，桃李飘零扫地空。唯有山茶偏耐久，绿丛又放数枝红。"最初，花苞被坚硬的"鳞片"包裹着，但它一直在积蓄力量。直到有一天，花瓣们合力冲破重重束缚，惊艳绽放。这时，每片花瓣都找到了自己的位置，从不同的角度展示自己。正是因为这些花瓣，茶花才开出了最好的模样。

盛开的茶花特别自信，特别是那种正红色的茶花，它们从暗沉的绿叶丛中飞身出来，一朵一朵，像一团团小火苗，将每一棵树都点燃了，让每一棵树都变得不容忽视。而且，每朵花有 7 至 15 天的花期，所以，不论什么时候望向茶花树，总是能见到它们可爱的花颜。

山茶花耐寒。在南方，它可以从10月一直开到第二年的5月，连最冷的1月至3月，它们也在开花。宋代文人十分喜爱茶花，曾巩称赞山茶花“劲意似松柏”，苏轼赞扬茶花能“长共松杉斗岁寒”。南宋时，画院的林椿画过一幅《山茶霁雪》的扇面，这幅画的主体是一枝盛开的红山茶。林椿画的这枝茶花设色大胆，将绿叶、红花、金蕊、白雪一股脑儿地置于小小的扇面中，却并不显得拥挤，反而有一种相映成趣的美感。在这块小小的天地里，瑞雪初霁，茶花开得满心欢喜，且用厚实的花瓣和瑞雪一起搭建了一个漂亮的舞台，等待着春天登场……

茶花产自中国。国人早在蜀汉时期就开始栽培茶花，第一个记载茶花品种的，则是唐代丞相李德裕所著的《平泉山居草木记》。17世纪时茶花传入欧洲，并引起轰动。作为世界名花，茶花登记在册的品种有2万种。在中国，茶花有近900种，它还是云南的省花，也是重庆市和浙江宁波等市的市花，由此可见国人对它的喜爱。

单瓣茶花多是原始花种，复瓣的更是花型各异。有一种复瓣的珍品茶花叫“十八学士”，它树型优美，花朵结构奇特，由70至130多片花瓣组成六角花冠，塔形层次分明，排列有序，十分美观。有位姐姐买了一株“十八学士”养在庭院里，天天盼花开。终于，有一天花开了，却发现只有两种颜色，姐姐就去问卖花人。人家说：“还有十六位学士因为堵车，正在路上，您慢慢等吧！”其实，这是对“十八学士”的误读。名为“十八学士”并不是说它能开出18种形态的花，而是因为这种花相邻两角的花瓣排列为20轮左右，多为18轮。

我国南方的许多地方都有古茶树。云南丽江玉峰寺内有一株树龄 300 多年的古茶花树，树高近 6 米，主干直径近 40 厘米，花期有近 4 个月，两三万朵艳丽的花朵占据着近 60 平方米的树冠，花径最大可达 20 厘米，被人们尊为“环球第一树，丽江万朵茶”。

山东省青岛市崂山太清宫的“耐冬”茶花古树，因清代文学家蒲松龄在《聊斋志异》中的演绎而成为一株带有神话色彩的茶树。崂山著名的太清宫茶花古树，都集中在三官殿院内，共有 6 株。殿内的茶花古树“绛雪”树龄有数百年。每当冬春之际，满树绿叶流翠，红花芳艳，犹如“绛雪”。离“绛雪”不远处，原有一株白牡丹，高及屋檐。当年，蒲松龄曾在这里居住，终日与山茶、牡丹相伴。当蒲松龄撰写《香玉》时，便将它们幻化成了“绛雪”和“香玉”，并让两位奇女子与黄姓书生一起演绎了一段花与人的神奇佳话。随着《聊斋志异》的知名度越来越高，来崂山寻“绛雪”的游客也越来越多。只是，今天人们看到的“绛雪”已经不是当年的“绛雪”。由于种种原因，三官殿内的“耐冬”也于 2002 年“香消玉殒”。“绛雪”，真的永远留在了神话里。

以前人们说太清宫的“耐冬”是中国最北的茶树，其实不然。中国南茶北移之最应当是河北灵寿县车谷坨山茶树。北宋时期的李进卿将军曾在此驻守，相传这株古茶树就是他亲手种下的，距今已有一千多年，树径 4 米有余，高达 20 多米。盛开时花色洁白如雪，花香沁人心脾，被当地人敬为神树。

人们爱茶花，为它写诗、作画、编故事，把它当成神一样的存在。有趣的是茶花的花神有许多，而且有男有女：白居易、汤显祖、王昭君、杨贵妃……其中最有意思的是白居易。白居易在杭州当了3年刺史，做了许多好事，离开杭州奔赴洛阳时老百姓扶老携幼，提着酒壶前来送行，可见他人品有多好。只是白居易到了晚年意志消沉，皈依佛教，自称“香山居士”。山茶又叫曼陀罗树，与佛教有些瓜葛，可能是这个原因，晚清画家吴友如便将遁入空门的白居易封为了山茶花神。

千百年来，众多的文人墨客赋予了茶花深刻的文化内涵，他们赞赏茶花多是托物言志，表明自己内心的志向。但对普通人而言，人们喜爱茶花，除了它具有观赏性，更多的是茶花能带给人喜悦、快乐，能让花与人心意相通，这就够了。

玛格丽特和香奈儿

在欧洲，茶花是众所周知的花朵，至少在名字上。

热爱文学的人，自然不会不知道1848年法国作家亚历山大·小仲马轰动一时的小说《茶花女》；热爱歌剧的人，了解意大利伟大的作曲家威尔第读了小仲马的作品感动不已，在不到两个月的时间内完成三幕同名歌剧的谱曲，并于1853年首演的全部过程；热爱时尚的人，必定不陌生，这朵花，在香奈儿品牌中具有不可取代的地位。

但事实上，在以上这些人面前放上一束茶花，未必人人能直呼其名。因为，虽然茶花在人们眼中特别文艺、优雅，但毕竟是位从遥远国度降临的公主，而且，到此地的时间也不长。

在生物学分类上，茶花和茶树同科，却没有被欧洲人简单地叫成茶树花。了解近代西方植物史的人都知道，许多被引入欧洲的植物，常常习惯以植物的发现者、引入者的名字来命名。茶花被叫成camellia，它的命名者，可不是个普通人，他是瑞典生物学家、现代生物分类学之父林奈。

林奈对茶花的这个命名，和一个名叫乔治·约瑟夫 ·卡梅尔的人有关。

史料上对此人的记载不少。17世纪末期，他前往菲律宾，被派往马尼拉基督会中心担任护理人员。他的德语姓是Kamel ，但人们却更愿意用他姓氏的西班牙文Camellia和拉丁文Camellius，所以，在很多文章里，由于权威林奈用他的姓氏为茶花命名，他就被误认为是将茶花引入欧洲的人了。

卡梅尔到菲律宾之后，面临的一个大难题，就是要在这块他不熟悉的土地上，迅速找到部分可以替代在欧洲大陆生长的药用植物。在马尼拉的草药中心旁边，他开辟了一个小型草药园。很快，他发现了许多欧洲大陆不存在的植物有着出乎意料的药效，完全可以取代他熟知的那些治疗普通疾病的药材。当他被提升为正式草药师之后，立即把本来仅对教会内部服务的草药中心，转化成了为社会民众服务的药房。

卡梅尔的名气越来越大，当地的草药师也时常与他交流切磋。不久，他就成了为人们推崇的植物专家和药学家。

卡梅尔最重要的贡献是，不仅在菲律宾群岛本土植物中寻找到了部分可以取代欧洲的药用植物之外，还对很多本土植物进行了采集和研究，并系统地为这些植物作了记录，对根部、叶子、花朵和果实都有详细的记载。随着工作的推进，卡梅尔在欧洲植物学界的名气也越来越大，他的成果也在英国出版，他也成了菲律宾群岛植物研究、发掘领域的佼佼者。但在出版的他的专著和笔记中，并没有观赏花卉茶花的相关记载。

1706 年，年仅 45 岁的卡梅尔在马尼拉去世。自从踏上菲律宾的土地，他再也没有重返欧洲，史料也没有他运送植物回欧洲的记载。这样，他把茶花引入欧洲一说也就不成立了。

其实，在卡梅尔去世前的 1702 年，茶花的倩影就出现在了伦敦出版的一本关于昆虫的小册子上了。它在欧洲的正式露面，要归功于英国自然学家、皇家学会会员詹姆斯·坎宁安。那个时期，在中国和日本长时间逗留并积极参与东西方文化交流的坎宁安，曾将几株山茶花寄给他的好友——英国生物学家、药学家詹姆斯·佩蒂弗，也就是小册子的作者。

又过了十年，一位在东印度公司就职的德国医生、自然学家，从中国和日本回到欧洲，写了本《愉悦的异国风情》，其中描述了最古典的“金心大红”的单瓣茶花，同时，也记载了很多重瓣和其他颜色的茶花品种，以此来论证这种于欧洲人极为陌生的观赏花卉，在东方已有上千年的种植筛选优化进程。

1735 年，林奈在他的《自然系统》第一版中，将以前被称为“日本玫瑰”或“Tsubaki”的植物命名为 camellia，以此来表彰卡梅尔在植物学上的贡献。

又等了近二十年，大有“千呼万唤始出来”味道的茶花，才让欧洲人一睹它的风采，从英国最有影响的花园开始，珍贵的茶花相继在法国、比利时、意大利、荷兰、西班牙和匈牙利的皇家园林中露面，被誉为“宫廷花”，欧洲几乎所有的花店、苗圃都找不到它的踪迹，“千金难求”的神秘花朵，勾起了人们对它的强烈好奇，它受追捧的理由也就更加充足了。

实际上，在东方，长在寒山峻岭上的茶花，它的本性是很亲民的。在种植的过程中，欧洲人也非常愉快地发现了它基因的极高的可塑性，王室贵族圈中的园艺爱好者争先恐后地“造”出新的品种，并将这些被视为艺术品的成果献给王族或在政界、艺术界享有很高声望的人，茶花由此成了19世纪最高雅、最有品位的花朵。

法国作家小仲马的《茶花女》，在这个时期为茶花的“普及”起了推波助澜的作用：

“巴黎上流社会中赫赫有名的交际花，美丽的玛格丽特，出身贫寒，但聪慧的她在很短的几年时间中，把自己打造成了一位让人无法拒绝的妙人儿。她的妆容、发型、衣饰，她的阳伞、马车和家中的摆设，无一不是巴黎时尚的绝对引导。”

“每逢首场演出，玛格丽特必定光临。每天晚上，她都在剧场里或舞会上度过。只要有新剧本上演，准可以在剧场里看到她。她随身总带着三件东西：一副望远镜、一袋蜜饯和一束茶花，而且总是放在底层包厢的前栏上。”

“一个月里有25天玛格丽特带的茶花是白的，而另外5天她带的茶花却是红的，谁也摸不透茶花颜色变化的原因是什么，而我也无法解释其中的道理。在她常去的那几个剧院里，那些老观众和她的朋友都像我一样注意到了这一现象。”

“除了茶花以外，从来没有人看见过她还带过别的花。因此，在她常去买花的巴尔戎夫人的花店里，有人替她取了一个外号，称她为茶花女，这个外号后来就这样给叫开了。”

茶花女就这样在奢靡的巴黎上流社会诞生了，这和她的本名相聚甚远，小仲马给她起的名字是玛格丽特——那种开在春天田野中清爽的雏菊。

后来，当她终于鼓足勇气追求真爱时，“当她和阿尔芒在巴黎城外的别墅里过日子，这个妓女，她过去花在鲜花上的钱比足以维持一个家庭快快活活地过日子的钱还要多。有时候她就坐在草坪上，甚至坐上整整一个小时，凝望着她用来当作名字的一朵普通的花。”

尽管玛格丽特的心是一朵雏菊的心，但谁也看不见。甚至在死后，往她身上、墓上堆积的，仍然是无数白色的茶花，全然不顾这些雪白高雅而昂贵的花朵，象征的是她灵魂深处最大的耻辱——每个月25天中她随身携带的白色茶花，意味着她处于可交易状态。

也许正是这两种截然不同的花的对比，使读者在她奢华淫逸的生活背后，看到了她的率真和善良：盛气凌人不可一世的茶花的反面，是一朵单纯朴素的小小雏菊。

尽管无论是小说还是后来的歌剧，《茶花女》都让茶花在欧洲大众了一把，但在人们心中，它一时半刻还是走不下“高冷女神”的宝座。

它的花型精致端庄，花瓣的排列有着无可挑剔的几何美感的冷艳，它盛开在繁茂的绿叶中，不张扬、不闪烁，却让人惊艳。在枝上从容长大的花朵，直到败了，都不会放任自流，不会让乱英随风飘落，而是至死都捍卫着自己的女神范儿，要么完整地开，要么完整地败，败在枝头再落到根部，它始终是一朵完整的花。

它的“高冷”，还缘于它不像通常的美丽花朵一样有怡人的芬芳，它用不着以香味来招蜂引蝶。19 世纪意大利作家、诗人奈乔尼这样描绘过它：

你，唯独你，不拥有任何气味
冰冷而珍贵，大理石之美
奢华最宠爱的高傲女儿
我无语而对
这无味的茶花

虽然诗人觉得它的无味使它不免高傲得乏味，但正是它的这种特性，使很多人义无反顾地爱上了它。法国时装设计师加布里埃·可可·香奈儿，挑选了茶花作为品牌的标志，“无味”这个元素起了重要作用。

关于香奈儿为何对茶花情有独钟的说法有好几种，有的说，当她少女的眼睛中，第一次映进了茶花那端庄娴静而又仪态万方的样子时，她学会了用艺术家的敏感来观察美；有的说，茶花是她的爱人送给她的第一朵花，这让她开始用艺术家的敏感来体验爱。

无论传说怎样，但这世界上，只有香奈儿一个人创造了佩戴茶花的100种方式，并将它变成了法国时尚最著名的标志之一。香奈儿热爱茶花那光滑细腻但质感犹如丝绒的花瓣，钟情于它那近乎完美的圆形花朵。茶花的无味，对她而言，是花中淑女难能可贵的品性。这样，当在她标志性的西装或小黑裙上佩戴一朵白色的茶花时（插一句，在香奈儿眼中只存在白色茶花），她就可以无所顾忌地洒上她的五号香水了。

直到今天，香奈儿服装、珠宝、饰品和箱包上，茶花无处不在地盛开。

有时，鲜花和植物如何成为某种象征或灵感来源的过程，令人难以置信。有时，它们与小说、诗歌、传奇或著名艺术家联系在一起，构成我们集体想象力的一部分，演化成一种品质的固定符号。

茶花，在欧洲，象征的是高雅。

花解语

无论是东方还是西方，人们总喜欢将花卉比拟成各种人物，尤其是对美人的形容。

比如茶花，正如高梁《玛格丽特和香奈儿》一文中说到的小仲马名著《茶花女》，主人翁玛格丽特给人最深刻的印象，便是她随身总会带着的一束茶花。高梁说茶花“花型精致端庄，花瓣的排列有着无可挑剔的几何美感的冷艳，它盛开着伫立在繁茂的绿叶中，不张扬不闪烁却让人惊艳”，这段话拿来形容玛格丽特十分恰当。

《聊斋志异》中的奇女“绛雪”，便是茶花的化身，她把神话的唯美色彩表达得很好看。在我印象中，金庸小说《天龙八部》借大理公子段誉之口，对茶花也有精彩描述，有种白瓣显露一丝红色的茶花叫“美人抓破脸”，但“红丝甚多，那便不是‘美人抓破脸’了，那叫作‘倚栏娇’……凡是美人，自当娴静温雅……只有调弄鹦鹉之时，给鸟儿抓破一条血丝，却也是情理之常”。

美人如花，花即美人。但高蕾在《满心喜乐，一树红颜》中写到茶花“花神”中，除了王昭君、杨贵妃，竟然还有白居易、汤显祖。这多少让人有些意外，尤其是汤显祖，他写的是著名的《牡丹亭》啊，该是牡丹花神才名正言顺啊。不过细细一想，汤先生酷爱的白山茶在意象上比之牡丹的国色天香和雍容华贵，似乎更多一分纯粹。而白居易诗歌“妇孺皆知”的那种明白易晓，也如同茶花的直爽，“从来不会藏着掖着”。何况茶花名品中的“十八学士”本就是对文人雅士的比拟，人们以白居易比作茶花“花神”，自然而贴切。

茶花嗅无香，可高粱讲到法国香水名牌“香奈儿”，居然就是看中茶花的“无味”，挑选了茶花作为品牌的标识。这又叫人着实一愣，莫非就是“真水无香”的含义？读下去后恍然大悟！原来，“茶花的无味，对它而言，是花中淑女难能可贵的品性”。品性是原真，是本质，是一个物事最本源和最纯真的“质地”。就像茶花女的名字“玛格丽特”的原意，“是一朵单纯朴素的小小雏菊”。

这两篇茶花文章写出了很丰富的内涵，妙！

姜青青

一场花『生』的绚烂

花是很任性的，什么时候开，开成什么样子，一切都是它说了算。大丽花就是这样一种花。

在我国北方，大丽花从5月的暮春到11月的冬月，花儿们轮番上阵，不知疲倦地开放着，不论是在春日的暖阳中，还是在夏日的皎阳下，或是在冬日的冷风中……它们只管按照自己的节奏开放。一年里，总是能看到大丽花在花坛里交头接耳，它们热情不减，始终“霸占”着花坛，完全不给别的花什么展示的机会。

大丽花也叫大理花、天竺牡丹、地瓜花。大丽花的花朵大而艳丽，最大花径可达50厘米左右，比人脸还要大。但是也有人因为它的另一个名字“大理花”猜测这种植物和我国云南的大理有什么关系，“Dahlia pinnata Cav.”是它的本名，这些外文告诉我们，除了读音，它和“大理”没有任何关系。

大丽花的原产地是墨西哥。墨西哥人把它视为大方、富丽的象征。1963年，墨西哥将大丽花定为国花（另一国花是仙人掌）。

想当初，大丽花在墨西哥的土地上自由自在地生长着，单薄的花瓣簇拥着黄色的花蕊，貌不惊人，也没有什么值得骄傲的理由。是当地的阿兹特克人发现了大丽花的不同寻常之处——它的块状根里富含淀粉等营养物质，可以用来果腹，它也因此走入了人类的生活。在我国，大丽花也被人称为“地瓜花”，这个名字倒是很准确地描述了它的块状根和地瓜有几分相似。最初，人们只关心它埋在土里的块根有多大，是不是很多。当挖开泥土的时候，又多又大的块根会让期待收获的人们欣喜若狂。毕竟，这些作为食物的块根和人的生存息息相关。人们将块根精心地贮存起来，那是在缺少食物的日子里平安度日的保障。人们忽视了大丽花开放的花朵，或者说完全没有注意花是什么颜色，花型是什么样子，是单瓣还是复瓣。

后来，大丽花和玉米、辣椒等其他农作物一起漂洋过海，来到西班牙。

据说有人曾企图将大丽花作为食物进行引种，但没有成功。也许是大丽花实在太美，美得让人忘记了它的根原本就是一种食物。不然，番薯、土豆们就会多出一个“好姐妹”，今天人们的餐桌上就会有一种像荷花那样可以观赏，也可以作为食物的植物。

发现大丽花的功劳属于林奈的学生安东尼奥·何塞·卡瓦尼列，是他发现了这种有趣的植物。安东尼奥园长把大丽花带进了马德里植物园。从那一天起，大丽花的“花生”终于出现了逆转。人们不再关注它作为食物的“下半身”，而是把眼光放在了它的“容貌”上。

经过诸多园艺师的培育，这种多年生草本植物的内在美被一再挖掘，从欧洲一步步走向世界，并跻身世界名花之列。

大丽花在20世纪30年代引入我国，上海是它最早的登陆点。来到中国后，作为一种适合在北方地区生长的花卉，大丽花在我国的北方地区得到了广泛的种植，成为最为常见的园林花卉。在北方居民的房前屋后，经常可以看到大丽花高挑的身影和大气绽放的花朵。如今，大丽花的身上不但完全找不到“外来物种”的标记，还成了吉林省省花，张家口市、武威市和赤峰市的市花。

如今，大丽花作为菊科大丽花属植物，其品种已超过3万，是世界上品种最多的花卉物种之一。大丽花是一种极为“擅变”的花卉。它色彩多样，或花红似火，或灿若晚霞，或洁白如雪。它不但有大花型、中花型，还有迷你花型。大丽花也是一种“千面花”，它可以模拟菊形、莲形、芍药形、蟹爪形等自然界中其他花朵的形状，简直成了“百变娇娃”！

因为大丽花有很强的辨识度，它经常会被画家作为描画的对象，它的“基本款”更是经常在小朋友的绘画课上现身。

而最能全面表现大丽花本质的，要数林风眠先生1963年创作的得奖作品《大丽花》。林先生曾说自己是色彩派，是“好色之徒”。从他的作品中，我们可以看到色彩浓烈、饱满的大丽花正在盛开，红的、黄的、白的、紫的……它们从暗沉的底色中跳脱出来，成为生命中最响亮的旋律。细细品味这幅作品，可以感受到林先生用他高超的绘画技法、诚实的情感，赋予了大丽花真实的灵魂。

见过大丽花的人多会注意到它重重叠叠的花瓣，它们有的排列有序，有的卷曲多变，有的小巧可爱……一片片简单的花瓣，用繁复多样的组合，从不同的角度诠释了美的多样性。它盛开时瑰丽多彩、雍容华贵。自带光环，强壮又霸气，让人感叹于生命的灿烂和华美。从最初种植大丽花是为了满足生存需要，到今天种植大丽花是为了享受生活的美好，人一直根据自己的需要和目标去改造它。虽然人工培育改变了大丽花寒酸的外表和单调的花色，使之变得“风情万种”，但大丽花并不在意人用何种态度去对待它。一年又一年，大丽花默默地在泥土中将营养聚集在块根里，只为再一次开出属于自己的花朵。

60岁那年，歌德花园的艳遇

秋后的园子里，树叶的斑斓是大自然的主旋律，不免有悲秋者，会情不自禁地怀恋夏日花朵的娇艳多彩，因为透过层林尽染的秋色，能看到不久后必然到来的萧条零落。这时，大丽菊变得显眼了。

不能说它是仅于秋日盛开的花朵，但在春夏百花盛开姹紫嫣红的花世界中，它常常会被忽略，或者过眼之后即被忘记。也许，这是大丽菊的幸运，属于菊科的它，顶着秋日湛蓝的天空，沐着清澈的阳光，秋天有点力度的风，使它那壮实修长的枝干带上了婀娜之姿，在枝头绽开的花朵小巧玲珑，可以与春天草地上最秀美的雏菊媲美，硕大如盘超越夏日池塘中的睡莲。

对大丽菊，整个欧洲都有种执着的感情，但称得上最热爱大丽菊的国家，非德国莫属。这和德国一位伟大的人物有关，他被人们称为“大丽菊之父”，这当然不是指他是发现或传播这种花的人，而是因为他酷爱它，每当大丽菊盛开的季节，在他住所的房间里，都会插满缤纷的花朵，这些花，都是他在魏玛城自家园子里栽的。被誉为“大丽菊之父”的人，就是歌德。

这位在欧洲文学史上留下了不可磨灭的印记的伟大诗人、文学家，还是一位多才多艺、知识渊博的画家和科学家。在研究人文历史、从事艺术创作的同时，歌德还涉足自然科学领域，并在这些方面取得了一定的成就，撰写了有关植物生态学和色彩学的著作，其中有《植物变形记》等。

歌德与大丽菊的艳遇，与奔放的蜀葵和秀丽轻盈的康乃馨一起，是在他60岁那年，这个年龄段的歌德，可谓人生阅历丰富、审美趣味高雅，在3种新的花卉中，他对大丽菊情有独钟，也许是它色调缤纷饱满，但不是那种出格刺眼的无端艳丽，或是花瓣整齐规则但毫不死板的的排列方式，使它在妩媚中显出端庄，有大家闺秀落落大方的从容风度。

大丽菊同许多植物一样，并非欧洲本土的物种，难怪看惯了玫瑰、紫罗兰的歌德会如此痴迷于它。有关它的传奇故事，也不可避免地和它的原始生长地域有关，那是一块充满了冒险、征服传说的土地——大丽菊的本土，美洲中部墨西哥和危地马拉的高原地带。

说起墨西哥，必定绕不过阿兹特克民族，一个被神奇迷雾笼罩着的民族，大丽菊，后来的墨西哥国花，始终都是阿兹特克诸神的花。

在传说中的宇宙尚处混沌时，蛇身兽爪的大地之母科特利库就和大丽菊有了干系。虽然在现存的雕像里很难看出她的女性特征，但在神话传奇中，她却是后来创造了世界的四位神祇的母亲。关于她如何受孕生子的说法有几个，其中最浪漫的一个，是以阿兹特克人生长的自然环境为背景描绘这朵花的。

说是，秋高气爽的一天，蛇身女神起驾，像往常一样，去找长着智慧之眼的鹰隼，聊聊有关宇宙、诸神的那些事儿，睿智的鹰的启示，每次都让她受益匪浅。沿途高原气象万千奇妙无比，大地上的一切似乎都处于凋零状态，但她还是能够感觉到，蕴藏在这萧索中的勃勃生机和吹动她蛇尾状披挂的劲风掺合在一起，荡漾在她的心中。

她犀利的视觉望见了远处出现的一个小白点，它在浅褐色的树林中，如同一颗跳动着纯洁的心脏，在闪耀。蛇身女神科特利库被好奇心驱动，追了上去，女神的身上由许多响尾蛇纠缠交织而成的裙子，在她的奔跑中如同鹰的翅膀般展开。小白点越来越近，她看清了，那是一只高原上极为罕见的雪白兔子，它光滑的皮毛和柔软的脚步，使她顿生欢喜。再靠近看，才发现白兔口中衔着一朵小花，排列整齐的八片花瓣，簇拥着一撮嫩黄无比的花蕊，灿烂的殷红映在小兔的圆眼睛中。

兔子仿佛在等候她，在她靠近的那一刻，放下了口中的小花，蹦蹦跳跳地消失在灌木丛中。大地之母科特利库拿起了那朵花，这时，她的耳旁响起了万能之神的声音。

那天夜里，按照神谕，她采来龙舌兰，用它叶子顶端那尖利的刺，刺穿了殷红的花朵，然后将它放入子宫内，蜷曲而眠。

漫漫长夜后的黎明时分，科特利库之子维齐洛波奇特利诞生了，以成人形式离开娘胎的他，右手持刀左手持盾，他就是阿兹特克神话中的太阳神和战神，而小白兔留给他母亲的那朵红色花朵，则是一朵墨西哥高原的单瓣大丽菊。

对于阿兹特克人来说，大丽菊色彩橙黄如金、鲜红似血，代表的是太阳的颜色，而太阳，则是这个民族最主要的崇拜物，这就奠定了大丽菊在这个文明中所占的地位。在16世纪修士迭戈 ·杜兰记载阿兹特克人历史手抄本中的插图中，可以看到许多重要仪式的场景，其中，有重现1502年蒙特马苏二世加冕的画面，主持仪式的大祭司，身穿镶着红、黄色宽边的斗篷，斗篷的前面，有一朵盛开的硕大的大丽菊。

王孙贵族将大丽菊看成神之花、富贵之花，他们渴望与之朝夕相伴。从16世纪开始，夏秋在高原上盛开的大丽菊，作为观赏花卉，被引进了王宫和庭院中，许多改良品种也陆续出现。但在大部分人尤其是山区人们的生活中，除了它的美丽让人赏心悦目之外，更重要的是它那淀粉含量很高的肥厚根系，可以像薯果一样用来充饥。此外，阿兹特克人认为大丽菊还有极高的药效，用来治疗癫痫尤其灵验，它的汁液涂抹于身上，在丛林中可以防止蚊叮虫咬。而且它那笔直、茁壮的空心茎干，在打猎时可以用来充当随身携带的储水容器。

西方世界对于大丽菊在植物学层面的观察以及对它们的药用价值的探索，是在16世纪由一些西班牙传教士开始的，他们在日志见闻中，描绘过这种有着硕大花朵且色彩鲜艳的花卉，它们的色调异常丰富，从纯白到浅黄、橙黄、橙红、粉红直至浓烈的鲜红，更奇异的是，它的花期长达几个月，从盛夏到深秋，点缀着墨西哥高原。从这些记载可以推断，早在大丽菊进入欧洲之前，阿兹特克人就已经成功地对它进行了筛选、杂交，获得了许多新的品种。

从墨西哥高原到欧洲大陆的旅途，作为观赏花卉的大丽菊，整整走了几个世纪。

似乎有多条线索记录了大丽菊到欧洲的途径，其中最重要的有两条。

1770年，法国植物学家尼古拉斯·约瑟夫·蒂埃里·德·梅农维尔，被路易十六派到美洲大陆，给他的明确指令是不惜一切代价揭开为西班牙人创造了巨大财富的红色颜料的秘密。

梅农维尔的使命感和学者的好奇心，使他冒着生命危险潜入墨西哥被西班牙人控制的地域，用一系列编造的理由骗过了他们的阻拦，他深入到了最边缘最贫困的山区，和当地人交往，最终成功地掌握了古老的胭脂虫红染料制作的秘密。当他启程回巴黎时，不但带着过硬的染料提取技术，而且还带回了活的胭脂虫和这种虫子的寄主仙人掌，从此，结束了西班牙人对美洲胭脂虫染料的垄断。

作为一个植物学者，梅农维尔还从墨西哥带回了许多特有的植物物种，其中就有大丽菊。他在笔记中写道，在危地马拉的很多花园中，都生长着这种多彩绚丽的花，花朵的形状跟欧洲雏菊类似，但茎干高度超过常人的身高，叶子的形状跟接骨木相似。

另外一条线索，有几个版本，但最重要的是，它到达欧洲的第一站是马德里皇家植物园，这也难怪，因为西班牙人是新大陆的发现者，也是那里最早的殖民者。

有一天，皇家植物园的园长，安东尼奥 · 何塞 · 卡瓦尼列收到了一个从墨西哥植物园寄来的神秘口袋，它的主人是来自墨西哥植物园园长维森特 · 塞万提斯，里面装着一些细长的黑褐色种子，这就是卡瓦尼列早有耳闻的大丽菊种子！从1791年开始，墨西哥高原的神奇花卉，在弥漫着温暖湿润空气的马德里，找到了生根开花的理想环境。原先是被认为有类似土豆特性的食用根茎的大丽菊，在食品领域并没有得到认可，人们对它花朵美貌的关注，远远超出了对它根茎美味的欣赏。这样，来自新大陆的神奇花朵，用瑞典杰出的生物学家、英年早逝的安德斯 · 达尔的名字，被命名为大丽菊。

从马德里的皇家植物园出发，大丽菊很快在全欧洲的花园里找到了自己的一席之地，它在园艺师们的激情中被观察、筛选、改良，开出了形状和颜色都极为丰富的花朵，给这里夏秋的无数清晨和黄昏，抹上来自美洲高原的绚烂色彩。

大丽菊在欧洲大陆生物学者、园艺爱好者中引起的轰动是空前的，一时，仿佛所有的人都热衷于从事筛选、改良、创造新品种的活动，新的品种不断从实验室、花圃甚至私家花园中被培育出来，时时让人们为它们的美丽折服，无论是巴黎、柏林、莫斯科还是苏黎世，所有最有影响的园艺杂志，都不断地发表有关这个神奇的新品种花卉的文章，爆出最新的品种，诸如："一棵超越人想象的大丽菊，花朵硕大颜色雪白，形状酷似百合的喇叭形，花序呈金字塔形，一百朵花分布在如同枝条密集的大型烛台上，使观看者感觉置身于童话世界中。""它的叶子有着一种优雅而青翠欲滴的绿色，仅凭这点，就可将之誉为一株美丽的植物。"

到今天，大丽菊品种已超过3万个，是世界上品种最多的花卉物种之一，也是全球观赏植物栽培最广泛的一种，它以绚烂礼花的形状和色彩，展现出大自然和人类聪明才智的完美结合，歌德曾对着满目繁花，吟出这样的诗句：

花，可谓大自然赠予我们
最美丽的语言，
大自然用它，
诉说对我们的爱。

花解语

有些花是很“佛系”的，不论在哪里，只要能够找到合适的土壤，就能生根、发芽、开枝、散叶，该开花就在成熟的季节开出最为灿烂的花朵，该结籽就在收获的时候结出传宗接代的籽实。花为悦己者容？不，自是爱花者寻之赏之悦之。那花儿，兀自摇曳招摇，兀自绚烂妖魅……大丽菊就是如此，只做自己生来能做和想做的事。

如今已在全球各地培育栽种的大丽菊，它的故乡在遥远的美洲高原国度墨西哥，和许多原产美洲的花卉一样，大丽菊有身高，有颜值，可谓天生丽质，花朵硕大，花色艳丽而丰富，姿态富贵大气，加上它自身的神话传说以及后来在各大洲迁徙的漫长岁月中文人墨客诗词曲赋的加持，它的身份和身价就有了血脉、族群、门第的高贵，就不是一般星星点点小家碧玉般的草花所能比拟，堪与中国的牡丹、芍药媲美，这就难怪许多国家和城市把它尊为国花或市花了。

其实，大丽菊在自己故乡的时候，它是一种上半身（花卉）用来观赏、下半身（根茎）用来食用的植物，它那具有类似土豆性状的根茎曾是当地人的果腹之物，和当地出产的土豆、地瓜一样，其丰富的淀粉可以维持和延续人的生命，但是它那具有异国风情的美丽容颜，远远超过了人们对其满足口腹之欲的期待，尤其是对那些已经饱食终日的欧洲上流社会人士而言，所以，当大丽菊的“上半身”在世界各地大行其道时，其“下半身”的价值被人有选择性地淡忘和忽略了。

自20世纪30年代从上海登陆中国以来，大丽菊更多地是以“观赏花卉”的身份进入中国人的眼帘和记忆的，作为一个低段位的食客，在我了解大丽菊全身的价值之后，就很希望恢复其“下半身”的功能，不妨参照百合，将大丽菊一分为二，一为观赏，一为食用，分而治之，让食单上多一种选择，不亦悦乎?

张子帆

心有千千结

4月一到，花们就忙碌开了，各种缤纷的色彩争奇斗艳，弄得人眼花缭乱。在公园花海一个安静的角落，一树花正在独自盛开。小小的洁白的花，像是被克隆出来的，分不出彼此，它们一朵朵紧挨着，亲密无间，似乎风一吹来，就会叮当作响。

这是一株紫丁香——你没有看错，紫丁香的花有紫色，也有白色。紫丁香是名贵花卉，全属约30种，中国产24种。一千多年前，中国人将丁香这种北方山野中最柔美的小乔木移入庭院，并一直在想尽办法与之亲近。人们精心地呵护它，用各种方法繁育它，使它的家族成员不断增加；选育优秀的品种，使原本单调的花色变得艳丽多彩……就连大诗人杜甫也为丁香写诗，赞美它："丁香体柔弱，乱结枝犹垫。细叶带浮毛，疏花披素艳。深栽小斋后，庶近幽人占。晚堕兰麝中，休怀粉身念。"

但是人的热情好像有些一厢情愿，丁香并没打算接纳这种热情。不论是被安置在庭院里的丁香，被栽种在花盆中的丁香，或者是制成精美插花的丁香，因为远离了生长的乡野，丁香花们看上去满是哀愁，并不愉快。经过那么多年的人工培育，丁香花仍然是小小的，保持着从前在乡野中的样子，简洁的十字形花瓣素雅又恬静，不谄世，不媚人。丁香花的气味很香甜，远远地闻，不觉得满足，待真的贴近了，又会因过于甜腻而不得不离开——那可能是它在用香气释放自己的心绪，撒一张看不见的网，为自己划出一个独立的空间。它似乎是想用这种方式把自己与纷繁的人世隔开……

记得有位作家说过：“植物的一切形态都具有人性。”同样，从某些人身上，也能照映出植物的性格。唐代诗人李商隐因“读懂”了丁香，于是写下诗句：“芭蕉不展丁香结，同向春风各自愁。”未展的芭蕉包裹着离情，纠结的丁香是解不开的愁绪。诗人戴望舒笔下的“丁香姑娘”，就是丁香的化身——有几分幽怨，有几分神秘，孤单又寂寞：

撑着油纸伞，独自
彷徨在悠长、悠长
又寂寥的雨巷，
我希望逢着
一个丁香一样的
结着愁怨的姑娘
她是有
丁香一样的颜色，
丁香一样的芬芳，
丁香一样的忧愁
……

那么,《雨巷》里这个忧愁的“丁香”最后去了哪里？有人说“丁香”去了厨房，因为厨房里也有“丁香”。但这个答案是错误的，因为此丁香非彼丁香。

产于我国北方的丁香是木樨科丁香属的落叶乔木，是浪漫的主角；产于印尼和马六甲海峡的丁香是桃金娘科蒲桃属，是厨房的调料。

我国古代的许多史籍都对外来丁香有过记载。这种丁香有指甲盖大小的花蕾，吐着白色的花丝，成熟的花蕾有肉红色的花萼，经过加工后，可以拿来食用。东汉时，它是一种名贵的进口香药，又称为“鸡舌香”。含之能避口臭，令口气芬芳，相当于今天我们吃的口香糖。

宋代的《太平御览》中就记载了一个关于古代“口香糖”的故事: 汉桓帝时期,侍中刁存因年老患有口臭,他自己却并不觉得。汉桓帝一方面很欣赏刁存的政治见解，一方面又不得不忍受他的口臭。一天,汉桓帝和刁存商讨完政事,被他的口臭熏得头晕眼花,便“赐以鸡舌香，令含之”。刁存对丁香一无所知，不知皇帝所赐何物。他诚惶诚恐地将“鸡舌香”放在口中,立刻感到满口辛辣、舌头刺痛。丁香带来的奇怪口感让刁存惊恐不已，以为是皇帝赐死的毒药。刁存左思右想，不知道自己到底做错了什么。但“君让臣死,臣不得不死”,他只得强忍悲痛急急奔回家中与家人诀别。正巧有一位朋友来拜访，看到他们全家生离死别的样子感到很惊异，忙问发生了什么事，刁存便把事情的经过一五一十地告诉给了朋友。“刁存深受皇上信任，怎会突然被赐死呢？”朋友让刁存把“毒药”吐出来看看，这才发现，皇上赐给刁存的是用来驱除口臭的丁香。此后，朝廷官员面见皇帝时口含丁香便成为一项宫廷礼仪制度。在《汉官仪》中就有尚书郎要“含鸡舌香伏奏事”的记载。每每上朝，臣子们便“口吐‘丁香’，侃侃而谈”，那样的场景，也是画面感很强啊！

古人说：“花木无语却有情，此情唯有花木知。”两种丁香，不同的色彩，不同的芬芳，“生活”路线也完全不同。当它们相对而立时，会坚持自己，还是会羡慕对方，作为“异类”的我们不得而知。但是，我们会尊重丁香，因为丁香有丁香的智慧。

巴黎春天，一树丁香雪

四月，丁香会开。这时若是想去赏花，最好避开大城市里的公园。要是去小镇或者乡村，常常会遇到些不寻常的场景。花还是那株，但它所处的环境和氛围，会让人觉得不寻常。在这些地方，丁香花很少会被种在公共场合作为普通的观赏植物，给人的感觉，是由于一些不可明喻的神秘原因，被藏匿在什么地方。因为很多时候，你知道它就在附近，但却一时找不到它。你会随着丁香那不可混淆的浓烈甜香寻觅，或者，跟着成群的癫狂的蜂蝶，最终走到它的身边。

看到过最美的丁香，是在法国中部一个不再记得名字的小镇。一座庄园，石砌大屋子，院墙、屋顶和大门皆破败不堪，似乎被遗弃了很久。屋前的一排淡紫色丁香花却开得如醉如痴，它们的背后是长满苔藓的米白色石块，腐朽的廊柱木头上镶嵌着淡灰色的蘑菇，常春藤从倾斜的窗框上挂下来，懒懒地摇晃着。在这个框架中，丁香花是唯一的主角，它满是活力，散发着让人永生难忘的芳香。

确实，在丁香两周的灿烂花期中，很少有别的花香能超过丁香花全盛时那种压倒一切的味道，这是一种不含蓄、不迟疑的表达方式，是它坚定地、不顾一切地向世界宣告它的存在和它期待繁衍的庄重愿望。

读惯了“江南雨巷，丁香般的叹息、丁香般的姑娘”的诗句，一下子很难接受眼前丁香的气势：布满无数朵秀丽小花朵的丰满花穗，尽情地沐浴着四月稍带着寒意的阳光，没有羞怯更没有抑郁。幸好，花朵雅致的淡紫色，以及柔软叶子的清新浅绿色，让花开到鼎盛时略显张扬的气势得到收敛，给它的气场增添了婉约娴淑的韵味。

欧洲的很多私家花园、公共绿化空间和墓园，都喜种植丁香花。

关于它在欧洲大陆的普及，存在着很多说法。仅仅关于丁香花最经典品种“波斯丁香”，就众说纷纭，有说最早是被奥地利人在1562年从土耳其引入维也纳的，而土耳其人，最初是从希腊得到它的，也有说是1600年威尼斯公国大使本人亲自从君士坦丁堡带回威尼斯的，还有说此丁香早在古时候就是地中海沿岸地区的普种观赏花卉，并引古希腊神话为依据。

事实上，欧洲的丁香花种植，只有在20世纪初，才到了鼎盛时期。那时，众多品种的丁香花，成了巴黎春天最有标志意义的象征，这要归功于法国植物学家、园艺学家维克多·勒蒙纳。他在法国东北部古老的城市南锡，拥有一个苗圃，在同样热爱园艺和植物筛选杂交的妻子的协助下，勒蒙纳成功地改良并培育出了 214 个丁香花品种，使丁香花品种达到了有史以来的最高峰，其中许多至今都在名品之列。

人们喜爱在住宅前后种植丁香花，除了它浓郁怡人的香味和清丽的颜色之外，还有一个重要原因，就是它在神话世界的善恶交锋中曾起过很大的作用。据说，在古代，在森林精灵的住所附近，大片丁香花是仲春时节开得最盛最忘情的花卉，也许它的忘情有着极大的感染力，致使众邪恶鬼魅们也忘情地在花朵中滑动穿行，流连忘返，忘记了丁香花的驱魔天性。这就给森林精灵们提供了从花朵中识别出恶灵的机会，同时，散发着浓香的鲜花可以消除瘴气、洁净环境。人们由此相信，这是一种有着满满正能量的花卉，种在园中，能驱邪魔之扰，保平安。

追根溯源，可以知道，丁香花是从古希腊神话中典型的“美女和野兽”的传说中诞生的。

丁香的拉丁语学名是 Syringa Linn.，来源于古希腊语一词的 Sirinx，与河神的女儿西林克斯——美貌娴雅的森林仙女同名。这个每日和女伴们一起在河边树林中唱歌嬉戏的仙女，有一天遇上了牧神潘，从此，西林克斯无忧无虑的生活就结束了。

潘在古希腊神话中是个让人爱恨交加、既浪漫又放纵，既邪恶又善良的奇怪神祇，在他的身上，同时并存的是两种相去甚远的特征——既是创造力、音乐、诗歌与性爱的象征，又是惊恐无绪与噩梦的标志。他的头部和身躯都是人类的，但却长着山羊的角、耳朵、胡子、尾巴和蹄子，有说当他的母亲生下他之后，被他奇怪的长相吓得失去心智，惊恐万状之余，抛弃了他。

有着特殊艺术天赋的潘，本性虽善良但行为放荡粗野，他天生的直率任性，常常将他的情绪导入完全失控的极端状态，从而沉缅于放任的狂欢中不能自拔。他的艺术家浪漫天性，以及时刻需要得到关注、认可的强烈欲望，使他频繁地爱上什么人或什么事，并必须得到对方的同等呼应。偶遇河神的女儿，美丽娴雅的西林克斯，潘的天性和欲望驱使他不顾一切地迷上了她。

俗话说得好：丑陋的人最大的不幸，并不是他的丑陋，而是他所爱之人的美丽。潘用他那从不离身的长笛，为森林仙女吹起一曲曲动人音乐，其美妙之至，使周围一切都随之翩翩起舞，西林克斯也如醉如痴。曲终人寂，当仙女从具有迷惑性的音乐中惊醒过来时，被眼前半羊半人的牧神那充满欲望的表情吓得落荒而走。

潘神的山羊蹄子远比仙女纤长的双腿管用，他紧追不舍，并把追捕当成了一个有趣的调情游戏。惊恐万分的西林克斯听着身后羊蹄子的踢踏声越来越近，明白自己永远也跑不过他，绝望之际，用尽最后一丝声音高喊着，祈求自己的父亲河神来帮助她，因为她宁愿死去，也不愿意让这个怪物得逞。

在潘即将抓到她淡绿色飘飘衣袂的那一刻，在沼泽的边缘，在河神痛楚不堪的咒语中，精疲力竭的西林克斯瞬间变身为一棵枝繁叶茂的低矮灌木，她成了一株年轻的丁香花。

痛心疾首的潘，眼看着所爱之人消失在丁香花树的柔软绿叶中，一时凄然无措。这时，从沼泽上吹来的风，在丁香树的枝条上起伏，发出的声响，如同悠远而来的笛声。潘叹息良久，最后割了枝条带走，后来将此做成了笛子，每日吹奏怀旧不已。

沼泽旁，孤独的丁香在秋日褪尽了它浅绿色的衣袍，显得憔悴不堪，潘早已投入并经历了诸多更有意思的狂欢，他用丁香枝条做的笛子，也不知遗落在了何处。这给西林克斯带来了无限宽慰，来年春天最怡人的时间，紫色的丁香花盛开了，花丛中，流露出了她的优雅纯净，她对生命的深深眷恋。

西林克斯在古希腊语中有“空管”的意思，丁香花年轻枝条的内部结构较松散柔软，容易被掏空，故传说是某些吹奏乐器的常用材料，土耳其人也将其枝干加工成烟斗。

春天里，丁香花的温婉颜色和浓酽芬馥，让人很情愿地忘掉这个忧伤的古希腊神话故事，忘掉它的存在——两个不能相通的灵魂不幸相遇的结果。但谁也不能想到，这出悲剧创造出的结果，居然会这么美。

花解语

老实说，我对植物的认识起步颇迟。少年不识愁滋味的时候，只看到身边满世界的姹紫嫣红，没心没肺的，哪管它什么花什么草。唯独说起丁香，总是满怀着憧憬。

这份憧憬，当然是缘于一首诗。“撑着油纸伞，独自／彷徨在悠长、悠长／又寂寥的雨巷，我希望逢着／一个丁香一样地／结着愁怨的姑娘。”——是啊，哪一个少年不善怀春？可以说，每一个怀春的少年，心中都有一位丁香一样的姑娘。那是青春的苦闷和爱情的追求。

想象中的丁香应该是像兰花一样高洁和稀罕。然而，当我真正认识丁香花时，未免有些失望。花开得太过稠密，味道也太过香甜，更何况它并不是在深山幽谷中含颦含黛地特立独行，而是在北方普通人家的庭院中无拘无束地抱团盛开。我想，南方的诗人戴望舒在写《雨巷》的时候，他真的认得丁香吗？

这个世界充满了误会，男人对花有误会，对女人也有误会。在经历了浪漫与荒唐之后，诗人的爱情生活其实也并不如意，甚至可以说不堪——确定，他找到了丁香或者说他要找的真是丁香吗?

其实，想象中的丁香并不是现实中的丁香，想象中的爱情也不是现实中的爱情。缥缈的爱情像雨丝一样不可把握，“丁香空结雨中愁”，事实上，丁香并不含愁，含愁的是我们自己。

陈华胜

铁汉亦有柔情时

冬青是城市中最常见的绿植。它四季常绿，树型优美，卵形的叶片上有着精巧的锯齿状边缘，一片片树叶油亮润泽，显示出旺盛的生命力。

庭院中，冬青与绿草相映成趣；街道旁，它躬身侧列，郁郁葱葱。不论是与黑瓦白墙相衬，还是穿插于山坡水岸，或者是用老桩制成盆景摆放于雅室之中，冬青总能和周围的环境融为一体，毫无违和感。

人们对冬青的印象多是城市中低矮的绿篱，其实冬青的种类很多，有的树高可达 2 米，甚至十多米。

冬青在亚洲、欧洲、非洲北部、北美洲与南美洲都有分布。在我国，冬青主要分布于长江流域以南各省区。目前发现的树龄最长的冬青树，是河南南阳伏牛山南麓晋代古刹宝林禅寺前的一株千年冬青树，它树干高 12 米，胸径 62 厘米，需两人合抱，树上虬枝盘旋，如巨龙探海。这株古树观过千年风雨，听过暮鼓晨钟。

它还记得农民起义领袖李自成曾在此练过兵，又把战马拴在它的身上……

在远离城市的山林里，也有冬青在默默地生长。公元759年的那个初秋，48岁的诗人杜甫辞官后携家人一路远行，路经木皮岭。这里山势巍峨险峻，云烟万叠，横亘绵延，山上最有名的树木是玉兰，但杜甫却注意到了从石缝中生长出来的野生的冬青树："下有冬青林，石上走长根。西崖特秀发，焕若灵芝繁。"虽然不能再施展政治抱负，但那山石之上冬青的顽强绿意、游若蛟龙的根系，让杜甫悟到了自然的奇绝之美。山林间奇特的自然景观，让他抑郁的心情得到了缓解，冬青也因此走进杜甫的诗歌《木皮岭》，为人们吟诵至今。

作为一个南方的城市，杭州和冬青还有一段不得不说的故事。元末兵乱，扬州有个九岁的孤儿，无依无靠，被朱元璋收为养子，并赐姓。这个孤儿就是后来的徐司马。他性格温厚，为人谦和，跟着朱元璋一路拼杀，成了一员贤将。洪武元年（1368），徐司马跟从副将军李文忠北征，活捉了元宗王庆生，被提升为杭州卫指挥使，不久又升为都督指挥使。诏令恢复本姓。

骑马挥戈气吞山河的徐司马，还是一位文学青年。闲来无事，徐司马也会漫步湖边。自1089年苏东坡任杭州知州再度疏浚西湖后，就有了湖上的六桥和岸边一树桃花一树柳的格局。彼时，桃花没了踪影，柳叶也已飘零，只有堤岸上的一丛绿植散发着勃勃生机，片片绿叶裹挟着颗颗鲜红的果实迎风起舞，充满活力。几只小鸟一边欢快地鸣叫，一边啄食红果，享受大餐……冬青就这样带着生命的温度，走进了徐司马的视野。后来，徐司马号令百姓植树，没选择清香馥郁的樟树，也没选择体态婀娜的垂柳，而是选择了冬青。原来，性格谦厚的虎将徐司马，有着一颗柔软的心！作为一个地方官员，徐司马除了为百姓的生计操心，还关注城市环境，在那个年代实属难得。

当缠绵的梅雨季到来时，杭州城的百姓们将冬青的枝干剪下进行扦插，并细心呵护。只一个月，冬青的插穗就生根了。从此，冬青开始出现在寻常百姓的门前屋后：春天，用满眼的新绿传递春的消息；夏天，用闪亮热情的艳绿遮挡火热的骄阳；秋天，用沉默的苍翠送走烂漫的秋色；冬天，用顽强的绿和亮丽的红色果实承接银色的飞雪，探寻时光的脚步……

冬青没有俏丽的外表，就连花也是小小的、淡淡的，悄悄地开，静静地落。虽然冬青的品性不输梅兰竹菊，但与孤傲的梅花、幽静的兰花、秀丽的青竹、色艳群英的菊花相比，冬青都显得太过平凡，很少被人重视。因此，就有一些名人为冬青“打抱不平”。唐朝诗人顾况用一句“冬青树上挂凌霄，岁晏花凋树不凋”，写出了冬青繁花落尽绿树不凋的清丽之美。明末清初的文学家、戏剧家李渔曾写过一段妙文：冬青一树，有松柏之实而不居其名，有梅竹之风而不矜其节，殆“身隐焉文”之流亚欤？然谈傲霜砺雪之姿者，从未闻一人齿及。是之推不言禄，而禄亦不及。予窃忿之，当易其名为“不求人知树”。清代戏曲家、文学家蒋士铨，则将描写文天祥、谢叠山等人以身殉国的戏曲剧作命名为《冬青树》。其自序言：“经曰：岁寒然后知松柏。若两公者，即以为冬青之树，谁曰不宜。”

作为一种亚热带的植物，冬青虽然喜爱温暖的气候，但也有一定的抗寒能力。特别是在寒冷的冬天，当苍茫大地已经被白雪覆盖，矮壮的冬青们臂挽着臂，像一叶绿舟努力向春天挺进，让人们在万物萧瑟的冬日看到了生命的希望。

冬青还有一个别名“万年枝”，是说它的生命永远不会终结。人们常用冬青树寓意长寿，因为它的花语就是生命。

圣诞花环与北欧男神

在欧洲，过了 12 月 8 日，无论是城市还是乡村，空气中会弥漫着圣诞节的热烈气氛。作为最古典的圣诞节装饰，最引人注目的是挂满了五色彩球和各种形状饰物的圣诞树，它们可谓无处不在，街头巷尾、广场回廊，所有的学校、企业、商店、餐厅、酒店，几乎所有的物业和住宅里，都有它们的身影，就如同中国过年时的春联一样，涌入人们最日常的各种空间。它们高矮不一、真假难辨，圣诞树上的饰物一般都接上电源，白天夜里不间断地熠熠发光，玲珑剔透，这玉树琼花的景象，给周边的一切都蒙上梦幻的影子，人们的视线往往会被枝条上琳琅满目的挂件所吸引，以至觉得，树只是一个珍宝架，用时髦的语言来说，是一种载体。

比起圣诞树，还有一种装饰就显得低调多了。首先，它的个头无法跟圣诞树比；其次，它没有像圣诞树那样全身披挂、镶金戴银，也没有闪烁不歇的星星镶嵌其中。可是，它的低调让人一眼就能看得到它本身，并且能牢牢地记住它。它就是用冬青树枝编的花环，通常被人们挂在房屋主要入口的门上，也用来点缀圣诞节餐桌，或作为圣诞礼物包装盒上的小小装饰。

冬青叶子的沉着绿色，配着它鲜艳的小红果，朴素的优雅中，透着一种毫不张扬的深沉喜悦，这种喜悦发自内心，真实而含蓄。

在欧洲民间，冬青还有两个学名之外的通俗叫法，就像是昵称，一是老鼠刺，二是刺月桂，这两个名字都是注重突出冬青叶子末端如刺一般的尖角，也许这也是它最明显的特征吧。也就是因为这翠绿叶子上尖锐的角，冬青一直被认为具备驱除邪恶的巨大魔力，早在公元前100年，古希腊生物学家就建议将它种植在宅门两边，以此来辟邪，作用堪比中国的门神。

但是，对冬青的热爱，没有人比得过北欧人，也许这是一年大部分时间生活在寒冷地域的人对绿叶红果的钟爱吧。北欧神话中，冬青被与最受人们爱戴的神巴德尔联系在一起。

希腊神话中有位宇宙主神宙斯，同样，在北欧神话中，也有一位主神，名叫奥丁，他常见的形象是位睿智英武的老者，手提一杆长枪，最神奇的是他胯下那匹生有八条腿的黑色坐骑，奔跑起来比风还要快。奥丁的肩头永远蹲着两只神鸟，身后跟随着两头狼。他主宰着北方世界的全部，是生命、胜利、智慧、战斗、诗歌、暴风和死亡之神。

奥丁的至高无上，使他拥有统治者的无限威慑力，他美丽的妻子弗丽嘉给他生了一对孪生子，他们是巴德尔和霍德尔，前者主宰光明，而后者主宰黑暗。

巴德尔容颜英俊秀美，一头金发，肤色雪白，身上仿佛永远笼罩着一个辉煌的光环。他是人间所有美好事物的象征，他代表春天、新生、喜悦和欢欣，他热爱世界万物，也深受万物热爱，他是北欧神话中最有亲和力的神。有一天，巴德尔与生俱来的好心情被个一诡异的梦扰乱了。梦中，有一道浓重阴冷的黑影向他逼近，企图完全包裹他。巴德尔从其中预感到他的生命受到了威胁，甚至感到了威胁是由谋害来实施的。

心情沉重的巴德尔向母亲弗丽嘉倾诉他的预感，母亲大惊失色，她立刻动身，走遍宇宙的大河山川，去恳求世界上所有的事物，让它们永远不要参与到谋害光明之神的行动中。万物立下誓言，永不伤害他们最爱的神巴德尔。

在世界上奔波了一圈的弗丽嘉，满怀欣慰地打道回府，她确认，整个宇宙间，已不存在任何可以将儿子置于死地的元素。

走近宫门，她的目光无意中落到了一缕带着嫩黄的绿色上，那是一棵小小的槲寄生，它柔软的枝条，轻盈的叶子，被风吹得颤颤巍巍，它不时做出向上攀援的姿态，但它的细枝没有足够的力量和长度，连触都触不到边上的树干，使它在柔弱的同时，显得十分无奈。

弗丽嘉的眼中流露出了爱怜之意，她这才想起，槲寄生是宇宙中唯一没有向她发过誓的生物。“但是”，她又瞥了一眼那棵植物，“它是那么细小孱弱，怎么可能会造成伤害！”她这样想着，扭头走进了宫门。

后来，发生了一连串事情，巴德尔也确实受过众多次袭击，但没有任何东西能够伤害他，很快，这就成了一个众所周知的传奇。

火神洛基是个心胸狭窄的神，他尤其不喜欢巴德尔，因为无论火焰的光芒在夜间多么辉煌，但当太阳临降大地，它的光明和温暖，会使火焰黯淡无光，失去它灿烂与热量的全部魅力。洛基无奈的嫉妒很快升级到了变态状态，他常在暗中观察光芒四射的光明之神，打探有关他的所有信息。

有一天，狡诈的洛基，隐去真身，化作一个善解人意慈眉善目的老婆婆，进宫去陪近来焦虑过度的弗丽嘉解闷。一来二去，他打听清楚了女神为保护儿子所做的一切，同时也知道了槲寄生未发誓的故事。欣喜若狂的火神，觉得这是个不能错过的机会，于是，一个罪恶的谋杀计划，就从那看似柔弱无力的娇小植物上开始了。

洛基经过长时间的寻觅，终于选中了一株成年的槲寄生，它的枝条柔韧颀长，除掉叶子之后，被修成了几支小小的箭头。洛基用手指肚测试着箭头的锋利程度，一边想象着巴德尔如何被自己手上这微不足道的箭头刺杀，他那无所畏惧的健壮身体，如何在貌似毫无杀伤力的箭头下颓然倒下，如同热浪下的雪山。洛基幻想巴德尔死后，他将是宇宙所有光芒的唯一主宰，除了他的火焰，再不会存在任何有光和热的源泉。

洛基的谋杀计划，是由巴德尔的孪生兄弟黑暗之神霍德尔来执行的。黑暗之神霍德尔是个盲人，他对兄弟巴德尔的认知，只能用他的皮肤来感受，当温暖的阳光洒在他的皮肤上时，他知道巴德尔在用兄弟之情环绕着他，他主宰黑暗同时也被黑暗主宰，所以他永远不能亲眼看到光明之神的英姿。

被洛基的言词所蛊惑，被自己的盲目所控制，霍德尔握紧了手中那细细但坚硬的箭头，朝巴德尔扔去。他没有感到这玩具般的武器的任何力量，也觉得不会给兄弟带来伤害，但是，他经不起尝试的诱惑，还是扔了出去。

巴德尔被黑暗之神手中那尖细的箭头击中后，顿时如玉山倾倒，他晃动、颓然倒下，他强壮的身体倒在了一株有着茂密绿叶的结实灌木上，灌木如同一个有弹性的垫子，将他的身子以最温柔的方式接住，让他的头颅轻轻地仰着，面孔向着突然黯淡无光的天空，他的金发，如同一朵绽放的巨大花朵，被灌木的落叶衬托得无比美丽。

托住巴德尔的这株灌木，是一株冬青树。

悲痛欲绝的父亲奥丁的眼中，无数次重现巴德尔倒下的悲壮场景，每一次，他都能看到儿子血花炫丽的身体下的那株灌木，它分担了儿子受创后的痛苦，它缓和了他倒下的剧烈碰撞，它避免了他和悲凉地面的接触，甚至，它做了一个父亲应该做的事情——让心爱的孩子倒在怀抱里。

为了感恩，奥丁赋予了冬青树长青不衰的特性，哪怕是最严酷的寒冬，都不能夺走它的青翠和茂盛；他赋予了它鲜红夺目的果实，为的是纪念巴德尔在它身上洒落的点点鲜血。

后来，在北欧，冬青被誉为神圣之树，人们坚信，在严酷冬日的漫漫黑夜，一株冬青的陪伴，能让人如沐春风；一截冬青的树枝，能驯服这世界上最凶猛的野兽。

时光的流逝，使很多传奇逐渐失去了神秘的光环，冬青树和巴德尔的故事自然也被许多人淡忘。再后来，由于它对生长环境和气候的要求相对简单，冬青就成了很接地气的普通树木。最早用它来做圣诞节装饰的，是当时相对贫困的爱尔兰人，他们没有条件来装饰巨大的圣诞树，就剪下缀满鲜红果实的冬青枝条，编成细致的花环，挂在大门上，浓浓的节日气氛中，春意盎然，充满了对未来美好的希望；花环的中心放一根蜡烛，就成了平安夜饭桌上最好的点缀。

就这样，冬青作为圣诞节点缀的用法，迅速在全欧洲普及。虔诚的天主教徒们，在冬青树上，看到更多的是宗教的含义。尽管如此，但大多数看到冬青花冠的人，也许不会感到沉重和悲哀。

因为它拥有让人一目了然但无法抗拒，更无法引出悲伤之情的美。

花解语

冬青，它与其他动植物一样早在人类出现之前就存在于地球，本来与人没有什么关系，它存在的意义与人类无关。在四季轮回中，冬青很固执，很顽强，也很不起眼，不管酷暑还是寒冬，它都拒绝变化，每天披着绿油油的小叶子，默默地掩映于百花之后，偶尔会结出一批火红的小果子，想吸引一下外界的关注，结果发现一切都是白费，在万紫千红的植物世界里，它实在很难出挑。

后来人出现了，他看到冬青，一下子很激动，于是讲了很多关于冬青的故事，也许有些故事是以神的模样出现的，人也写了有关冬青的诗词，尽管写诗词的时候从未征求过冬青的同意，况且冬青本来就看不懂这些诗词，也不想听这些故事，而冬青还是一如既往地四季常青。

那么人为何不管冬青的感受讲这么多关于它的故事？有一天，冬青突然想明白了：人讲了这么多，写了这么多原来只是讲人自己，人在冬青的身上看到盛衰兴废中的一种精神不败，轮回更替中的一种信仰不倒。

人往往非常自我，不同的人对于同一个事物的观点分歧很大，让冬青骄傲的是人对它的看法出奇的一致，在它的身上人看到了容颜永驻，看到了生命常青。

写到这里，我想起《三字经》开头的几句话——“人之初，性本善。性相近，习相远。”《吕氏春秋》里也有同样的话——“察己则可以知人，察今则可以知古。”道理虽然浅显，却是意味深长，无论古今中外，尽管文化习俗不一样，人的本性是相似相通的。

林乃炼

朝开暮落 无穷尽

那是1929年春的某一天。四川农村郊外，一位农民正在挖水沟，他挥舞铁锹把泥土挖起来堆到沟沿上，尽力将水沟边沿堆得平整。突然，“当——”一声脆响，铁锹与一个硬物撞在了一起。农民以为是挖到了石头，弯下腰去查看。他将泥土拨开，突然，一块带有花纹的铜器映入了他的眼帘。阳光下，暗黄色的器具散发着悠远的光芒，纹理中绿色的锈迹诉说着神秘的过往……原来，这里埋藏着一个宝藏！此后的十多年，“三星堆”将一段尘封的历史呈现在人们面前，关于这一文化遗址的发掘，如今已被列为20世纪的重大考古发现之一。

在陆续发掘出来的上千件稀世珍宝中，有八件精美的青铜器——扶桑神树，这些神树的样式，居然与《山海经》中记载的相仿。其中的一号青铜树树干高384厘米，通高396厘米，由树座和树干两部分组成。这株由青铜铸就的高大扶桑树有一根青黑色的主干，数根弯曲的枝干附着其上，树叶被抽象成了几个垂挂的图样，几只栩栩如生的神鸟停在枝干上，它们是在栖息，还是在鸣唱？它们会在下一刻振翅飞去吗？

或许，三星堆中的扶桑神树，就是传说中高大的扶桑树的缩影。三星堆的青铜扶桑树表达了古代先民们对太阳的崇拜，在无法掌控自然的时候，人们总是希望那些立于扶桑树上的三足金乌，能给天地万物带来生命的曙光。

在中国的神话中，扶桑树的确是一种神奇的植物，它又被称为建木，据说是由黄帝亲手栽种的。扶桑生长在东方的大海上，两千丈的树身一直伸向天空某个未知的地方，这里也是太阳神的十个儿子——三足金乌的栖息之所。清晨，艳丽的扶桑花次第开放，用清新的花香将十位太阳之子唤醒。每天，它们中的一位会从这里驾着太阳车出发，给世界带来光明。晚上，扶桑花悄然闭合，那也是太阳车回来的时刻。完成了一天的工作，外出值守的太阳之子会回到扶桑树上栖息。一天又一天，它们轮流出行，认真地履行着自己的职责。直到有一天，十个儿子突发奇想，决定一起去外面游玩。当十个太阳从扶桑树上齐齐飞出一同出现在天空时，人间瞬时变成了炼狱：绿色的庄稼焦枯了，清亮的河水干涸了，野火遍地，猛兽横行，尸横遍野……英雄后羿不忍百姓遭殃，他奔向东海，攀上高大的扶桑树，警告十个调皮的三足金乌不许再危害人间，谁知它们根本不在乎。后羿忍无可忍，拿出弓箭，射下了九个金乌。此后，最后一个再也不敢胡作非为了，天天乖乖地东升西落，大地又恢复了生机。

古籍《玄中记》中也描述了扶桑的神奇之处：“天下之高者，扶桑无枝木焉，上至天，盘蜿而下屈，通三泉。”据说扶桑连通神界、人界、冥界三界，因为后羿在上面射日时压断了树干，才使三界断了联系。

虽然从那时起，东海之上扶桑的影子渐渐变得模糊，但隐去了神性的扶桑在世间却显得越来越清晰。

这种生长在中国大地上的古老花卉，因其艳丽的色彩、热情豪放的花型一直深受人们的喜爱。早在西晋时期，《南方草木状》中就已出现了对扶桑花的记载，但在古代，人们只称红色花为朱槿。其实，扶桑的名称有很多：佛槿、佛桑，这样的称呼令扶桑多了几分禅意；朱槿、大红花，则显出了它的直白；照殿红、吊兰牡丹、中国蔷薇，这类名字又为它贴上了本土化的标签。如今，全世界扶桑品种有2000多个，热带及亚热带地区种植极为广泛，以夏威夷的品种最多。

扶桑在中国华南地区栽培极为普遍。清代吴震方在《岭南杂记》中有记述："扶桑花，粤中处处有之，叶似桑而略小，有大红、浅红、黄三色，大者开泛如芍药，朝开暮落，落已复开，自三月至十月不绝。"

入夏以后，扶桑就开始进入了盛花期。扶桑花好像从来不知疲倦，它总是不停地盛开，从夏季一直到初冬，几乎终年不绝。唐代诗人李绅的有一首诗名为《朱槿花》，写了扶桑长年盛开的美景："瘴烟长暖无霜雪，槿艳繁花满树红。繁叹芳菲四时厌，不知开落有春风。"

扶桑有单瓣的，也有重瓣的，绢质的花瓣带着柔润的光泽，如青春洋溢的热情。它的叶子和桑叶很相像，没开花的时候常常会让人分不清彼此。最常见的扶桑花是喇叭一样的五瓣大花，花径可达25厘米，又大又艳的花朵点缀在高大的灌木中，红的、黄的、粉的、白的……一树一树摇曳生姿，它们或伏下身子与人亲近，或隐藏在绿叶丛中浅笑，让人瞬间生出好感。扶桑最独特的是它的花芯，像一根纤细的手指从有褶皱的衣袖中伸出来，带着几分胆怯，从缤纷的夏日中匆匆划过，染上了一粒粒时光的碎屑。过去，女孩常把它插在发间，有几分俊俏，有几分热烈。

中医认为扶桑的花、叶、茎、根都可作为药用。但李时珍在《本草纲目》中对扶桑的介绍并不多，只认为它“甘，平，无毒”，可主治痈疽腮肿等。这可能是因为李时珍只注意了扶桑的高颜值，而忽视了它更多的才华吧！

扶桑是一种热爱阳光的植物，没有阳光的爱抚，扶桑就没有色彩，且缺乏活力。扶桑花的生命是太阳给予的，它迎着太阳盛开，当太阳离去，它也随之陨落。每天，扶桑用新的花朵迎来新的太阳，如同扶桑的花语“永葆清新之美”。

木槿三姐妹

有年夏末秋初，决定去向往已久的比利时古镇根特。出发时，罗马的阳光依旧逼人，暑热没有丝毫减退。但一到根特，顿觉神清气爽，这里已进入秋天最美好的阶段。

沿着古河道泛舟，离开两边伫立的古城堡、古教堂和古宅那几段，待大部分人都被载回城中，不妨再往前走。根特的凝重历史美，会被眼前晴朗开阔的大自然美景稀释，让人顿时从方才领略过的中世纪影子中走出来，大有“柳暗花明”的欣喜感。

就是在清风拂面船儿摇荡人也飘飘然之际，我看到了它，前方绿草如茵的河岸上，立着一棵婆娑的树，嫩绿的叶子柔柔的，是那种特别清纯的绿色，衬着深粉色的花朵，是那种让人爱到心里去的粉色，这竟是一棵盛开着的木芙蓉！它立在异国的河岸，有着它立在我家乡湖边同类的风韵，但在异乡客眼睛里，看出了它美丽中笼罩着的孤独。

老船夫说在他孩童时，这棵树就已经这么大了，没有人知道是谁种在这里的，也许也没有人知道它的名字，但确认的是，它并非原住民。

“或许，是风从遥远的地方带来了一棵种子，落到了这里，它爱上了这里。”

船缓缓远去，独立的红粉佳人，被从河面升起来的薄雾遮得影影绰绰。我想告诉船夫它的故乡离这里太远，凭借风的力量，是到不了的。但终究没有启唇。

木槿、木芙蓉和扶桑，锦葵科木槿属的三种花，都不是欧洲的原生物种。虽然有人提出，古罗马诗人维吉尔在他的《牧歌》中首次提到这种花的名字，也有人说它名字的拼法与生活在古埃及沼泽地带的以此花为食的小鸟有关，等等。虽然这些线索都没有得到确凿的认证，但仿佛并没有谁过分在意或去深究，相反，倒能为此增添不少神秘的感觉。

木槿在欧洲很常见，通常被修剪成一人多高的树篱，或者顺其自然，让它长成几米高的树，朴素的紫色单瓣花朵，常常带着深紫红色的喉口，花朵在手时，也觉得耐看，但整体看去，总感觉有点太家常而不能使人惊艳。木槿花朝开暮凋，如若让有悲观情绪的哲学家来论，或许见景生情，定不敢往深处去。好在木槿毫不矫情，虽然开出的是“朝日花”，但枝繁叶茂，待放的花苞层出不穷，让人来不及叹息败了的，新的就又生机勃勃地绽放了。

所以，欧洲人非常喜欢将木槿做成树篱、花墙或高花柱，利用它“一日花无穷花”的特点，追求每天不同姿态的花朵出现在不同位置的效果，来强调“个性万岁”，强调生命的不息和灵动之美。

欧洲人对木芙蓉这一名字的认识，相对于后来的实际栽培要早得多。他们早就耳闻关于木芙蓉的很多事，包括这种植物在中国已有上千年的种植历史，它烘干的叶子可以替代茶叶，而花瓣，则被推为雅致的美味佳肴。但这些都是有着神秘色彩的传奇之说，直到园艺师们追随了它的生长，目睹它大放异彩的花朵，才真正领略了它的美。16 世纪末，珍贵的芙蓉种子才在欧洲园艺精英的小圈子里出现。

在几个首次种下这些珍贵的芙蓉种子的人中，有位长老，名叫费拉里。他并非一般意义上的园艺发烧友，而是一位真正的专家级人物！他对植物花卉尤其是对园艺及插花的实践、研究，在整个欧洲的影响非常大。1633 年，费拉里撰写的拉丁文四卷本的相关著作《花卉文化》出版了，其中内容涉及本土植物花卉、异域植物花卉、园艺及插花艺术，书中的版画插图，出自当时著名的艺术家之手，此书图文并茂，让人赏心悦目。

在书中，费拉里是这样描述芙蓉的：“十年前，收到了从西印度寄来的种子，植物的名字用当地语言发音为‘芙蓉’，别处有人将之叫作‘印度锦葵’或‘日本锦葵’。我们依照寄来种子的人的叫法，称之‘中国蔷薇’。我是第一个亲手把种子种到土里的人，并将植物在罗马展示…… 它开出来的花大小如同一朵‘荷兰玫瑰’，最让人叹为观止的，在于它复瓣花朵色彩上的‘三变’——初开时为奶白色，而后为肉色，最后变为红色再凋谢。”这样看来，费拉里得到的种子，无疑是在中国被文人墨客宠爱有加的芙蓉名品“三醉芙蓉”了。

经过细致的观察和研究，费拉里得出的结论是，到他手中的木芙蓉种子是已经经过杂交改良的花卉的种子，由此可见木芙蓉作为观赏花卉在中国种植的悠久历史。这个发现大大鼓舞了他，从此，西方人开始对它进行一系列的筛选和改良，希望从中得到越来越多的品种。

相对木芙蓉，扶桑花肯定更符合欧洲大众口味，它的最大特点就是不含蓄、不内敛，尤其是在盛开之时，那轻盈花瓣的艳丽色彩，亮丽到想要刺痛人的眸子一般，长长的花柱托起毛茸茸的花蕊向外伸着，任性得有点霸道，使它有种直率的张扬魅力，这与它花瓣的缤纷极为和谐，所以，当想形容一下盛开的扶桑花时，可能找不到比“怒放”这个词更贴切的了。

18世纪上半叶，欧洲对于木芙蓉和扶桑花的筛选改良有了很大进展，但又过了一个多世纪，才等来了真正黄金时代的来临。自然，最有成果的工作，是在欧洲最有激情的园艺爱好国家——英国的皇家植物园邱园里进行的。后来，美国人在英国人优良品种的筛选基础上，又做了进一步的杂交改良，在佛罗里达和夏威夷都设立了相关基地，不断培育出新的让人惊艳的品种。

第二次世界大战之后，欧洲对此的探索处于停滞状态，但澳大利亚后来居上，在创造新品的道路上继续并获得了很大的成功，并最大程度地使之市场化，中国古老的扶桑成了美洲、大洋洲的时尚之花，开放在普通人家中的花盆里。

从19世纪至今，扶桑的改良品种超出1000种，市场上最常见的有几十种。改良工作把焦点主要放在以下三个方面：苗木形状上力求紧致、壮实，花冠单瓣、复瓣和重瓣个性化的设计，颜色从单一到多色的和谐搭配。

后来，当五颜六色的扶桑花作为最普通的观赏花卉到处可见时，有敏感的批评家提出了异议，指出，这些开放在寻常百姓家阳台上、高速公路绿化隔离带中的花朵，离它们原来的样子越来越远，“经历了无数次改良筛选之后，花冠到了硕大的尺寸，像是盛披萨的托盘，颜色也无奇不有，从猪肝紫到酸杏色，从粉桃色到辣椒红。另外，在色调搭配上也过于猎奇而不顾和谐，造出许多在纹理、点面交叉与过渡上令人惊讶但不美的品种，甚至有俗不可耐的感觉，让人看了不免‘心累’。这种在改良筛选上强势的动作，违背了人们对观赏花卉的基本审美要求，使这些扶桑花不但不具有美感，而且有种‘咄咄逼人’的架势”。

若是一种花到了让人看了“心累”的地步，那么，有谁能够不赞成“返璞归真”呢？也许，很多人希望看到的是，扶桑原来相对简单但能让人心平气和地欣赏的花朵，还原它在疾病和虫害侵袭下表现出来的弱势，还原它在和霜花同时盛开的无穷花的风骨，还原它轻盈明丽的色调和平易近人的气质，还原它自古为东方人欣赏的最重要的特质：赏心悦目，媚而不俗。

花解语

扶桑是花的名字，也是一个女人的名字。

在我还没有认识扶桑花的时候，扶桑就是严歌苓笔下一个漂洋过海的妓女。

这是一部大胆、性感得令人激动的情爱小说：乡间女子扶桑为寻夫跟随大批到海外谋生的劳工来到美国旧金山，为生活所迫从事了倚门卖笑的生意，却因此与美国少年克里斯产生了一段纠结的爱情。百年沧桑，命运跌宕，于沉浮中尽现卑微，于爱情中重获高贵。这个叫扶桑的女人以大地母亲的姿态慈悲地注视着充满肉欲官能的俗世。生生不息，任人践踏，包藏万物，有容乃大——在中国人的传统理解中，扶桑是太阳升起的地方。

当我在花市里，第一次被告知：那一盆红艳的喇叭一样盛开的五瓣大花就是扶桑花时，我立刻想到了严歌苓笔下那个身着红衫名叫扶桑的女子，她撩起了我心底的原欲与冲动。我毫不犹豫地掏钱买下了一盆。然后，这盆扶桑花就在我的露台上不知疲倦地盛开着，从三月到十月，“沉默而心甘情愿地笑”，让你不敢也不忍起一丝亵玩的念头——原来扶桑花是那么慈悲的花。

男人喜欢把花比作女人。男人对待花的态度也就是对待女人的态度。其实，每个男人的心中都深藏着一片温柔，平时里触不得碰不到，只在某一刻泛滥成一片江湖。就像扶桑花只在白天开花，太阳落下，它也随之隐身。

陈华胜

何处寻桂子

一首《江南忆》，是老刺史白居易给杭州城写下的广告词，它字字珠玑，不但描绘了杭州的绝佳美景，也有诗人心中难忘的回忆。一千多年来，《江南忆》撩动了无数人的心，让人们对一座城充满渴望。

“江南忆，最忆是杭州，山寺月中寻桂子，郡亭枕上看潮头，何日更重游？”虽然杭州四季景色俱佳，但白居易却将满满的回忆留给了“山寺月中寻桂子，郡亭枕上看潮头”的秋季。白居易生在中原，十四五岁时父亲任徐州别驾，他也跟随父亲客居徐州。父亲去苏州、杭州公干，白居易也随之前往。当白居易漫步在波光粼粼的西湖边，望着环绕着一湖碧水的青山，杭州的柔美深深地触动了一颗少年的心。也就是从那时起，他有了一个梦想：今后要当杭州或苏州刺史！他晚年就曾回忆道：“以当时心，言异日苏、杭苟获一郡足矣。”

在白居易51岁时，他的梦想终于实现了——成为杭州刺史。当年，他到杭州时已是十月一日，杭州城里的桂花早已没了踪影，只是在山林深处的桂树上还有零星的花朵藏身于绿叶丛中。从林间小路穿行而过时，他发现了那几朵隐身在树丛中的精灵。那几朵桂花，似乎是最后的坚守者，一直在等待着他的到来。此时，它们细小的花瓣上已经被时光镀上了棕色的斑痕，当白居易走近时，它们倾尽全力将最后一缕芳香送到他的面前，而后便从枝头跌落，发出窸窸窣窣的声音……白居易俯身拾起几朵干枯的桂花捧在手中，深吸了一口气，那似有似无的香气如同一声轻轻的叹息，唤醒了他少年时的嗅觉记忆……

白居易勤政爱民，为杭州人做了许多好事。同为朝臣的元稹对白居易的政绩点赞，称他治理期间“路溢新城市，农开旧废田”。白居易热爱杭州的山山水水，闲暇时也会带着自己的家人观赏杭州的美景，正所谓“凌晨亲政事，向晚恣游遨”。

在我国，早在公元前3世纪春秋战国时期的典籍中，就有关于桂花的记载。屈原在《九歌》中也有“援北斗兮酌桂浆，辛夷车兮结桂旗”的诗句。由此可见，自古以来桂花就是美的化身，是最受人们崇尚的花木。桂花的栽培始于汉代，至今已经超过2000年。最具代表性的有金桂、银桂、丹桂、月桂等。因桂花有一定的药用价值，古人将桂花酒作为长寿饮品，汉代时还被用来敬神祭祖。

在白居易任杭州刺史时，桂花经过数代园林工匠的培育，虽已从皇家园林中走出，但在杭州城里桂花并不多见，多栽种于寺院之中。八月，正是杭州最好的季节。在这个季节去山寺中赏桂花，是人们生活的日常。为官一方，与民同乐，“山寺月中寻桂子”，也是白居易心心念念的事。

白居易曾说：“东南山水，余杭郡为最。就郡言，灵隐寺为尤。”他最喜爱灵隐寺与周围的景致，灵隐寺、冷泉亭，都曾留下他的足迹。

桂花盛放的时节，白居易与家人在寺中的桂树下品茶、赏花。天上，一轮明月悬于夜空。清凉的空气中满是浓稠的花香，秋风掠过树梢，带来一阵桂花雨。几朵金桂落入茶盏之中，金色的桂花开始与青色的龙井茶叶在清亮的茶汤里翩翩起舞，并将几丝甜蜜的花香融入了甘美的茶中。桌几上，用桂花制作的桂花糖、桂花糕、桂花羹、桂花莲藕……每样点心都显得那么精致可爱，厨师以高超的厨艺将桂花的精妙发挥到了极致。白居易捧起面前的白瓷碗，将一勺浅紫色的藕粉送入口中。润滑的藕粉在齿间流转，经过泡制的桂花将浓郁的甜蜜传递出来，在与舌尖的碰撞中让这位已把他乡当故乡的诗人深陷其中，不能自拔……离开时，白居易不但带走了桂花的记忆，还将杭州天竺寺的桂子带到苏州，让它们在苏州的土地上生根发芽。

一任三年，其实满打满算，白居易在杭州只有两年多的时间，离开时他留下自己的俸禄作为治湖基金，只带走了天竺山中的两枚石子作为纪念。或许，那石子有着杭州山石的模样，有着钱江春水点染的印记，印着月夜寺中桂花的淡淡花影……

又过了两百多年，一位名叫苏东坡的诗人也来到杭州任通判，并在自己的诗作中记录了一个自己与桂花的故事——那是940多年前的桂花季。一天，忙于事务的苏东坡已然忘记了“花事”，待他从一堆公文中抬起头来，却发现不知何时案几上多了几枝桂花。原来，这桂花是他的朋友——上天竺寺僧人送来的。小巧的花朵虽然因缺水而略显干枯，但仍然香气四溢，让人闻了身心愉悦、疲累顿消。苏东坡不忍独享这珍贵的礼物，决定分赠给他的朋友，也是他的上司杨元素，并将赠花之事写进了诗作《八月十七日天竺山送桂花分赠元素》：

月缺霜浓细蕊干，此花元属桂堂仙。
鹫峰子落惊前夜，蟾窟枝空记昔年。
破裓山僧怜耿介，练裙溪女斗清妍。
愿公采撷纫幽佩，莫遣孤芳老涧边。

宋时交通不便，从寺院到杭州城里，需要一两天的时间。苏东坡为什么要把这几枝“细蕊干”的桂花分赠给杨元素呢？在诗中，他以传说与典故喻指杨元素当年登科之事，称赞其才华，并将两人怀有相同的政治抱负、仕途运命的事隐述其中。由此，我们也可以得见两人是惺惺相惜的知己。在诗人的笔下，一首诗，几枝花，终究成就了一段流传千古的佳话。

明初时桂花广为种植，桂花也因此翻越寺院高墙，走入世俗人生。桂花或置身于乡野，或装点于庭院，或遍布于城市的角角落落。中国桂花于1771年（清乾隆三十六年）间经印度传入英国，在英国迅速发展，并传播至世界其他国家。

在杭州有一个与桂花绑定的地名——“满陇桂雨”。它位于西湖西南，南高峰与白鹤峰之间。满觉陇早年间称为满家弄，是南高峰南麓的一条山谷，吴越时这里多有小型佛寺，其中有一座“圆兴院”，后改“满觉院”。如今，作为赏桂的著名景点，每逢桂花季，人们都会与亲朋好友欢聚在桂花树下，让甜蜜的花香包裹身心，品茗、把酒、赏桂，享受自然的馈赠。望着空中的明月，老人会给孩子讲述关于月宫和丹桂的古老传说：

月亮里有一座广寒宫，里面住着因误食仙药飞到这里的嫦娥仙子。与她相伴的是一只会捣药的玉兔。荒凉寂寞的月宫中长着一棵高500余丈的丹桂树，“月中有丹桂，自古发天香”，说的就是这棵桂花树。这棵仙树不但香气漫天，而且生长迅速，不砍就会占据整个天宫。有个叫吴刚的人，学仙修道但触犯了天规，被玉皇大帝罚至此天宫砍桂花树。但是，由于桂花树有超强的再生能力，随砍随合。千万年过去了，可怜的吴刚虽然终日伐树不止，但那棵神奇的桂树却依然生机勃勃，满树馨香。那月亮上的暗影，就是桂树摇曳的身影……

桂花是杭州的市花，城里上百年树龄的桂花不下百棵。比如，位于烟霞岭石屋洞前的桂花厅就有一棵说种于乾隆年间的桂花树，已有200多岁。树高十余米，有部分枝条虽已老死，数年前却还仍能开花。

每年夏末秋初，“杭城的第一朵桂花什么时候开”是城市居民的共同话题。少儿公园有4000多棵金桂、银桂、丹桂、四季桂、月桂在此集中，每年第一朵桂花会在这里向人们发布桂花季到来的消息。当杭州被桂花的香甜浸泡时，如果你能循着花香在这座城市中放松身心，也许你会懂得：杭州是一座平凡的城市，却又因桂花而变得不平凡。

阿波罗的失落

离家不远处，有个寂静的大园子，茂盛的月桂树篱长得密不透风，使生铁铸成的栅栏几乎消失在树的枝叶间。

园子里总是静悄悄的，仿佛没人居住一般。每隔一段时间，就会有个园丁来修剪月桂树篱，浓烈的香味，几日在周边荡漾不散，令人心旷神怡。

那天下着细细的秋雨，外面的月桂香味格外浓郁，我忍不住走近大园子，从地上捡起几片叶子闻着。

向来寡言少语的园丁露出了友好的微笑，递过一截长满叶子的枝条给我，说回家可以与柠檬皮一起煎月桂茶喝，最适宜这阴雨天。

就这样一搭一档地闲聊了起来，我这才看到月桂树丛中竟然夹着一棵丹桂，被齐头齐脑地修剪成了树篱，星星点点金红色的小花被浓密的叶子簇拥着，只有凑近才能闻到它隐约的香味——成排的月桂香得太霸气了。

园丁并不识丹桂，称之为“假月桂”，“假月桂”只有在秋天才显出它的不同，那些不起眼的小花，香得神秘、香得温馨，像是远方飞来的种子，不知什么原因长在了这里。园丁说罢，抬起绿色的眼睛，意味深长地看着树篱这边的人。

将淡黄色柠檬表皮削得薄薄的，尽量避免带入下面的白色絮状厚皮；从月桂树枝上摘下叶子，微微发黏的汁纠缠在手上，芬芳像是一块幔帐，久久地停滞在空气中。用文火煎出淡金色的清澈汤汁，清香扑鼻，半勺百花蜜溶在其中，颜色变成了稍浓的金黄。

和桂花树有几分相似的月桂树，是欧洲最古老、最普及的树种之一。无论在路边、墙角、公园、庭院，还是在皇家花园、教堂、墓地，它都有着同样的青翠和芳香，可谓“上得了厅堂，下得了厨房”，是最接地气的老派贵族。无论在哪种场合，有巨大亲和力的月桂总是那样得体优雅，让人情不自禁地联想起它古典时代的辉煌。

古希腊和古罗马时代，无论是战争还是体育竞技，月桂树都是胜利者荣誉的标志，带着绿叶的枝条被编成冠冕，作为最高的荣耀标志佩戴在胜利者的头顶。随后，月桂冠用来表彰公认的有巨大成就的诗人和艺术家。人们最熟知的，应该是意大利诗人但丁在一幅画于1465年的壁画里头戴月桂冠的形象。

古希腊时代，月桂树是太阳神、诗歌和艺术之神阿波罗的圣树，被古希腊人奉为“古代世界的中心”德尔菲城中的阿波罗神庙，就是以月桂树枝干为主要建材。

人免不了要问，为何在这么多植物中，阿波罗单单对看似朴素的月桂树情有独钟呢？古典神话传说中，自然少不了和阿波罗及月桂树有关的故事。

仍然要提到伟大的古罗马史诗作者，出生于公元前43年的奥维德，在他的作品中，写到了月桂树的前世今生。

微风荡漾、花香醉人的一天，悠闲的阿波罗漫步在田野间，他踌躇满志，俊美的脸上写着满满的成就感。放眼望去，在开满花朵的灌木丛边上，几个英俊的少年正围绕着金发童颜的丘比特，对他手中的金色弓箭啧啧称奇。

这些赞美之词，传到了走近的阿波罗耳中，他很不以为然，心想丘比特小儿手中的小弓小箭，与他当年淡定射死巨蟒培冬的弓箭比起来，简直就是玩具，甚至是对这种具有非凡神力的武器的亵渎！

阿波罗大步迈入圈中，又叙述了一遍他射杀凶猛的蟒蛇培冬的全程，言语之间透出他才是天下弓箭第一人的结论，而小爱神，用这般的玩具弓箭，不会有什么建树。

本来只对爱来爱去卿卿我我感兴趣、不喜欢争强斗胜的丘比特，听了阿波罗的此番言论，脸上有点挂不住了，他想争辩几句，但骄傲的太阳神用一个坚定的手势制止了他，眼中盈盈的笑意中带着不屑。

丘比特决定用实际行动来证明自己弓箭的威力，他从箭袋中掏出一支金色的箭头，拉满弓，射向了高大英俊的阿波罗。爱神的小金箭头，貌似飘忽不定，如同在空中舞蹈的金色闪电，携带着令人眩晕的亮丽，直取他的心口。被爱神箭头射中的太阳神，顿时，有了万丈深渊一脚踏空的感觉，他向来引以为豪的非凡冷静与极度平衡心态——猎手将弓箭运用到出神入化的必需素质，在中箭的这一刻荡然无存。

金色的箭头不但夺取了阿波罗的冷静，更重要的是，它让骄傲的太阳神彻底迷了心智，他会完全丧失对爱情的判断能力，会疯狂地爱上第一个进入他视野的人，无论是神还是凡人！

金色箭头浅浅地挂在他的胸口，方才炫目的光芒已趋于平和，带着暖意，他的心头升起了一种前所未有的温柔。这时，由远而近，婷婷袅袅地过来了一个姑娘，她金发及腰，衣袂飘飘，眉目含情，她是河神的女儿，盖雅的童贞女祭司、森林的仙女达芙妮。

丘比特未待仙女走近，就从腰间抽出了另一支箭，搭到拉满的弓上，射中了她。这是一支不同于前者的箭头，它用黑色的铅制成，被射中的人会无比讨厌任何对他/她示爱的人或神，即使他是宇宙间最英俊多才的太阳神。

就这样，太阳神和仙女在树林边的蜿蜒小径上相遇了。阿波罗对达芙妮的狂热追逐，使她厌恶至极，她一边发疯似的在林间奔走，一边大喊着祈求父亲帮她解脱阿波罗的纠缠。

达芙妮飘逸的身形在阿波罗眼前晃动，她绝望的喊声，在他的耳中宛如深情的呼唤。他的手几次触到了她光亮的发丝，这细微的触觉使他心旷神怡，他如同插了翅膀的步子愈发轻盈，轻盈得如同太阳的光芒。

就在他即将揽住她在衣袍下纤细腰肢的那一瞬间，河神拯救女儿的努力得到了回报：达芙妮雪白的皮肤变成了淡绿色的细腻树皮，一头金发成了葱茏的树叶，张开的双臂成了柔软的枝条，美丽的双腿变成了深深地扎入地里的树根。达芙妮的面庞消失在葱茏中，把她的所有美丽，都留给了这棵树。达芙妮在阿波罗有力的环抱中如此突兀残酷的变身，使他心如刀绞。太阳神瞠目结舌地打量着双臂环绕着的树，从它最细微的部分，仍能够辨认出他一见钟情的爱人。他久久地拥着树干，手不停地爱抚着它的绿叶。仿佛是对他的抚摸做出回应，他触动处，树散发出令他心醉的清香，这持续的香味笼罩着他，让他更坚定地认为她也是爱他的。

阿波罗心中最温情的一块土壤上，长出了一棵常青树：月桂，太阳神的圣树，它的枝条和叶子编成的桂冠，将在最有才能的艺术家、诗人和胜利者的头上闪烁着荣耀和智慧的光辉。

这个神话被历代艺术家用不同的形式表现过，但最动人心弦的，当推意大利雕塑家贝尼尼的“阿波罗和达芙妮”，雕塑重现了仙女化为月桂的那一瞬间。

从那个让太阳神心碎的遥远黄昏，直到今天，像他希望的那样，月桂树始终是战无不胜荣耀的标志、神圣智慧的象征，月桂冠被奉献在英雄纪念碑前，在完成大学学业的年轻人笑脸上闪光，它青翠欲滴的颜色、持久浓郁的香味，是人类勇气和知识的催化剂，唤醒人们的探索欲望和创造力。

古罗马的统治者，也以月桂树作为“永恒罗马”的标志之一。古代壁画中有这样的描绘：奥古斯都大帝的皇后丽薇亚，在园中散步，一只白色的小母鸡从苍鹰的口中跌落，白色小母鸡的口中衔着一段结着果子的月桂枝。月桂枝和月桂果被种了下去，很快，就有了一大片月桂林。自此，皇室表彰胜利的桂冠都来自那个林子，代表胜利者的常青月桂树，成了皇家血统繁荣的象征。当罗马帝国最后一位皇帝尼禄死后，月桂园无端起了一场大火，所有的月桂树全部化为灰烬。正应了强悍的罗马帝国气数已尽，再无回天之力的命运。

自然，月桂树也有非常接地气的品性，比如，欧洲许多地区的农民，将三根枝条用一条红绳扎在一起，持在手中，对着太阳祈求阿波罗洒下充沛的阳光，让麦子早日成熟，染上太阳般的灿烂金色。

还有些仪式感较弱但同样有成效的做法是，在枕下放几片月桂树叶，能做预见未来的梦；在家里放上它，可以得到太阳神的佐助，消灾解难。传说中雷神不敢得罪太阳神，故月桂树从来不会被雷电击中，所以人们喜欢在房子附近种上月桂树，期盼它可以充当“避雷针”。

阿波罗和达芙妮的神话故事，随着时间的流逝，仿佛被许多人淡忘了，但其实并不然，只要有人类居住的角落，就必然有芳香无比的常青月桂树，随风摇曳的枝条和叶子，无时不在叙述着他们的故事，也在讲述世间一个永恒的话题：爱与不爱。

花解语

金国的皇帝完颜亮在读到“三秋桂子”的词时，起了南下牧马的念头，于是，带给我的家乡一场战争。如果这个传说属实，那么完颜亮倒也是一位十分感性的男儿。男人雄霸天下的动机有时就这么简单，可以源于一首美妙的诗词，可以因为一双流盼的美目，也可以因为一朵花。

桂花在杭州的地位当然很特别，杭州人把它选为市花，仿佛桂花的精气神都融入了杭州人的骨髓。一到秋天，桂花开得闹猛，这座城市里到处都是桂花沁人心脾的香味，简直香到人的五脏六腑里。有人闻了桂花，会发诗兴；有人闻到桂香便会怀人；也有人，闻到桂花的甜香，竟然起了性欲，比如郁达夫——桂花的好就好在世俗。世俗得真实，世俗得灿烂。

从前看过一部台湾的电视连续剧《八月桂花香》，说的是吾杭乡贤胡雪岩的故事。镜头中，刘松仁饰的胡雪岩一袭月白的长衫，一柄舒莲记的折扇，缓缓从河坊街走来，配上罗文唱的主题曲，道不尽的尘缘往事，宛如手袖的风，只有“幽幽一缕香，飘在深深旧梦中”。繁花落尽，回头时无论晴雨。

这是我们先人的生活，这是我们杭州人的生活。无论在哪里，只要闻到桂花的香味，就会想到那一身月白的长衫，就起了归乡的念头。

这些，金国的皇帝哪里能懂得？所以他也没能看到我们的三秋桂子——所有英雄的功业，终需回归平常，让桂花来告诉你吧。

陈华胜

竹之潇潇 桃之夭夭

有一种植物——

它美丽，美丽得触目惊心；

它绚丽，绚丽得光彩四溢；

它妖冶，妖冶得千娇百媚；

它狠毒，狠毒得让人一命呜呼……

它把美丽与死亡巧妙地揉捏在一起，使你想亲近它，却又不得不远离——它就是夹竹桃。

季羡林先生在美文《夹竹桃》中，就描写过这种植物。在他看来，夹竹桃虽然不是名贵的花，也不是最美丽的花，但是却是最值得留恋、最值得回忆的花。因为夹竹桃和先生的老家有关，它散发的幽香能唤起有关家乡的记忆；它婉美动人的迷离花影，更是与浓浓的亲情密不可分。

夹竹桃的中文名是“欧洲夹竹桃”，但实际上，它的老家在印度、尼泊尔和伊朗一带。这是一种生命力极为顽强的物种，它耐旱，还可以抵御－10℃的严寒。于是，欧洲、美洲、亚洲……它四处开枝散叶，不停地长长长，搞得满世界开花。今天，不论路边、湖畔，还是公园，到处都能见到它的身影。

夏日，在路边绿篱的阴影下躲避灼热的阳光，猛一抬头却发现，是夹竹桃一路陪伴。

艳阳下，它们挺着高高的树冠，一副无所畏惧的样子。密密丛丛的叶子，果断地在阳光下画出一片阴凉。纤长的叶子和竹叶有几分相似，却没有竹叶那么透亮、轻灵，它很厚重，泛出阴郁的光亮，沉默又坚定。

每年6月至10月，正是夹竹桃的花期。红的花和白的花挤挤挨挨地，很是热闹，填满了树墙上的缝隙。猛一看，像是桃花开错了季节。粉红的花瓣像少女的香腮，光滑柔嫩，花瓣边缘的一抹绛红，像是泛上面颊的几分娇羞。白的花更是炫目，一团团，像雪，重重地压在枝条上。

这种著名的园林观赏植物，早在唐宋时期就已经在我国安家。它最早出现在唐朝段成式的《酉阳杂俎续集》中:“俱那卫,叶如竹,三茎一层，茎端分条如贞桐；花小，类木槲，出桂州。”那时候，它叫“俱那卫”，不叫夹竹桃。

想当年，“长安白日照春空，绿杨结烟垂袅风”。开在大唐盛世的夹竹桃，红花灼灼，妍丽娇媚，一派盛世繁华，与绛唇云鬓相映成趣；略带清苦而又沉闷的香气，散布在大明宫的角角落落，让人迷离又惶惑。它的花丛，映红过杨贵妃国色天香的笑颜，也陪伴过谢阿蛮的曼妙舞姿。

南宋时，著名政治家、文学家范成大在描写广西风土人情的《桂海虞衡志》中，也写到了夹竹桃。“枸那花叶瘦长，略似杨柳，夏开淡红花，一朵数十萼，到秋深犹之。”“枸那花”，也是夹竹桃的“曾用名”。

不用怀疑，粉红色是夹竹桃最原始的色彩，白色、黄色，均为人工培育的品种。

似竹，似桃，这种奇特的外来植物被认为是兼具了竹和桃的品行，最初人们对它是极尽赞美的。宋代诗人沈与求就写过一首《夹竹桃花》：“摇摇儿女花，挺挺君子操。一见适相逢，绸缪结深好。妾容似桃萼，郎心如竹枝。桃花有时谢，竹枝无时衰。春园灼灼自颜色，愿言岁晚长相随。”宋代的曹组，更是借夹竹桃写出了内心的爱慕之意：“晓栏红翠净交阴，风触芳葩笑不任。既有柔情慕高节，即宜同抱岁寒心。”

可惜好景不长，到了明清时，夹竹桃开始“失宠”。后来，闽谚甚至还有了“戴花莫戴夹竹桃，做人莫做人细婆”的说法。“细婆”，指妾。至此，夹竹桃的形象也是一落千丈。

可能许多人都听过这个故事。说，古时候有个相公立志要考取功名，把自己关在后院的书房里读书。这天，妻子烧了碗鸡汤给相公送去。走过夹竹桃树下，一阵风吹过，正巧有两朵花掉进碗里。鸡汤鲜香，花朵美艳。相公一边感叹，一边把汤喝了个精光。结果就发生了悲剧！

夹竹桃被认为是最毒的植物之一，它包含了多种毒素，有些甚至是致命的。夹竹桃的毒性主要来自它茎叶中含有的多种强心苷类物质，人过量摄入可导致心率紊乱，严重的会致死。这样说来，两朵夹竹桃花装点的鸡汤不足以害死相公，相公的死可能是另有原因吧！

与夹竹桃花朵的高调相比，它的毒性则显得深藏不露。它很安静，并没有侵略性。只有当其折损，人或动物接触到其分泌物时，毒性物质才会还以颜色。夹竹桃的挥发物质有一定的杀菌作用，说它致癌，其实是“莫须有”。

所以，你大可以像季羡林先生一样，在月圆之夜和夹竹桃来一个亲密接触：让朦胧的花树在身上肆意描画，让浓烈的香气唤醒你沉睡的内心。

寻花有毒，迷倒众生

尼娜是个挪威女孩，金发碧眼，皮肤似雪，北欧人的典型身材——挺拔骨感。也许是应了人们时常说的那句“有缘千里来相会”，她在美国结识了意大利西西里岛一个大家族的后代尼诺，冰和火的碰撞使两位年轻人狂热地相爱，并在短时间内移居罗马，在市郊的一栋连排排屋中，选了中间一套。在尼娜眼里，入口处那个只有五十多平方的花园虽然太小，但她下决心，要在气候温润的罗马，造出自己的精致小花园。

占地几十亩的花木销售中心，活脱一个完整的植物世界，尼娜在里面逛晕了头，最终买了一批春末夏初开满小白花的攀缘植物，用来做成挡住小花园栅栏的屏风——隐私是最重要的嘛！这些攀缘植物在当地，有个蹊跷的名字：假茉莉。这使她极为好奇，因为她只见过开着香得使人眩晕的白、黄素馨花，又称为非洲茉莉，还听说过阿拉伯复瓣茉莉，它那雪白花瓣的反面常会晕有淡紫色，它悠长而婉约的清香，在东方被誉为极其高雅的花木。其实，尼娜买的是络石藤，又名白花藤，无论是叶子、花朵和香味，都和茉莉相似。

花木中心的小哥，显然被金发尼娜那带有浓重异国口音的意大利语所迷惑，一定要她在刚运到的一大片夹竹桃树苗中选一盆，作为赠品。

初夏的阳光照在她眼前的那些夹竹桃上，它们大部分都已经有花苞，不少刚刚绽开，在翠绿色的纤长叶子的映衬下，姹紫嫣红。尼娜的目光迷茫了良久，最终选了一棵有几朵已经盛开的红色花朵的夹竹桃。那种既艳丽又含蓄的茜红色吸引了她，在自然界的花朵里，这种颜色并不常见，本来应有的鲜红，仿佛被笼上了一抹紫色的光晕，遮拦住了鲜红过于张扬的锐气，使花瓣拥有一种塔芙绸的温柔质感。

假茉莉在周末被种了下去，虽然它们稀疏的枝条还远远不能遮住铁栅栏，但尼娜相信，这种生长力极其旺盛的攀缘植物，来年一定会到需要园丁动剪刀的地步。

开了更多茜红色花朵的夹竹桃，被摆在院子空地的最中央，尼娜和尼诺还没有决定如何来设计这个小院子，他们每天晚上都会坐在夹竹桃边的藤编靠椅上，打量着四周的空地，谈论着为院子做的各种规划，大有“指点江山”之势，从英国花园到日本枯山水，从中国园林到地中海园林，从多肉世界到菜园果林，方案五花八门，一个方案提出来会马上被另外一个新的方案取代。

盛夏到了，尼娜和尼诺的院子里，假茉莉树篱并没有长密，稀稀拉拉的草地中央，夹竹桃在窄小的塑料盆中怒放，花朵随着一日内光线的变化，显现出不同的光泽和色调，始终不变的，是它纤细的枝干在风中摇曳的轻柔姿态，一仰一伏，像是在地上专心制作那些错落有致的影子。

夏日的度假季，尼娜和尼诺不再讨论绿化规划，他们留下空荡荡的院子和稀疏的树篱，飞向了海滨。这期间，尼娜想起过几次自家的院子，每次，眼前出现的都是那棵孤独的夹竹桃，低调的红花在沉默中怒放，绿叶衬着，婀娜多姿。

在海滨被晒成了粉红色的尼娜回家之后，树篱已干成焦枝，黄黄的仍是稀疏，有几个枝条虽已缠上了围墙上的铁栅栏，但褐色的枝上片叶无存。尽管如此，小小的院子里，还是荡漾着生机：院子的中央，骄傲地立着那棵夹竹桃，它的树冠扩大了一圈，盛开的艳丽花朵，在晚霞中散发出隐约的类似苦杏仁的特殊清香。尼娜上前细看，伸手想挪一下花盆让它换个朝向，却发现根本移不动它，应该是夹竹桃的强硕根茎，已穿破花盆的底部，直伸到土层的深处去了。

“圣约翰的手杖！我们院子里有圣约翰的手杖！”尼娜高声宣布道。

“圣约翰的手杖”，是花木中心的年轻人在帮她装车时讲述的一个故事。

据说玛丽亚的缘分，就和夹竹桃有关。从小被抚养在耶路撒冷神庙中的玛丽亚，渐渐长大，到了婚嫁的年龄。于是大祭司召来城里的所有单身男性，想从中挑选一位作为她的新郎，但面对众多的求婚者，他无所适从，只能要求每个求婚者在祭坛前面立一根木杖，请神在众人中挑选出能够托付玛丽亚的“正确者”。

每条拿上祭坛的木杖，待被主人带下去时，仍是原来笨拙的棍子。圣约翰是最后一个走上来的人，他刚把木杖立在祭坛前，木杖的顶部顿时绽开了鲜花，随后缀满了狭长秀丽的绿叶，一只雪白的鸽子，从花朵和绿叶间飞出来，落在了他的头上。

圣约翰的手杖，在祭坛前，变成的是一棵枝叶茂盛、花朵鲜艳的夹竹桃。

尼诺随着她的目光凝视着院中的夹竹桃，他还是第一次听到这个故事。他只依稀记得，这种树被古希腊伟大的数学家、哲学家毕达哥拉斯所称道，好像是因为它三枚轮生叶子的排列结构，被认为是宇宙和谐的象征，坚持宇宙所有的真理都可以在数字中得到证实的毕达哥拉斯，将夹竹桃叶子的排列方式，称作“不可变和可变的统一存在”。

关于夹竹桃，尼诺知道的是另外一些事。在人们心中，开着绚丽花朵且成活率极高的夹竹桃，始终拥有双重灵魂：叶与花的异常美丽，可以与它们异常的毒性相提并论。

古罗马博物学家老普林尼，在那个时代，就已经描述过夹竹桃的毒性，“它的毒能够杀死毒蛇，甚至，当把一头野兽拴在它边上时，野兽会有肢体麻木等症状”。古罗马杰出哲学家、作家阿普列尤斯（约124—189年），在他的代表作《金驴记》中，也提到了夹竹桃：主人公鲁齐乌斯被变成驴子之后，绝望地四处寻找一棵盛开的玫瑰花，因为只有吃下一朵玫瑰，就可以使他重新变回人形，但就在金驴挨近一棵有着如同玫瑰同样迷人花朵的植物时，发现那竟是一棵剧毒的夹竹桃，驴子的智慧使它毫不犹豫地落荒而走，才得以保全性命。

从此之后，夹竹桃在民间，也被称为“杀驴树”或“杀马树”，这些粗俗的别名，大大地伤害了它的美丽风韵。

在古代和近代医学家们的口中，夹竹桃的毒性被更明确地阐述了出来，古希腊生物学家泰奥弗拉斯多、古罗马药理学家迪奥科里斯，都对它的毒性有一定认识。16世纪的英国自然学家威廉·特纳医生，建议只有在极端严重的情况下，才考虑它的使用，“我在意大利的许多地区看到过这种树，不建议将此植入英国境内，因为它的特性和伪善的法利赛人同出一辙，美丽的花朵里面，隐藏着的是一头凶猛的杀人狼”。

这样，在地中海沿岸许多地区，夹竹桃就成了能够带来噩运的树，没有人会给朋友送一束夹竹桃花，除了在他的葬礼上。阴郁沉闷的丧事氛围，更能突出它那令人炫目的美丽，缤纷的花瓣像风中的雨滴一样缓缓落下，直至完全掩盖住死者的全身，好让他最后一次沉浸在世间的美好之中。尼诺的故乡西西里岛，葬礼上用夹竹桃花的古老风俗，一直延续到了今天。

尼娜又重新栽了充当树篱的假茉莉，院子中央的那棵夹竹桃依然怒放，它日益繁茂的枝条，在日光和月影下有着不同的姿态，而它闪着丝绸般光泽的茜红色花朵，无论是清晨还是正午，无论是艳阳下还是细雨中，呈现出来的，是同样的魅力。

尼娜和尼诺剪破了被夹竹桃撑坏的花盆，它终于在小院里完全舒展了。它的毒性并没有阻止他们热爱它的美丽。晚上，他们还是喜欢待在它身边，坐在藤编的靠椅上，无休止地讨论院子的布局和将来会有的花草树木，在这也许永远成不了形的伊甸园中，尽情倾注他们的幸福和憧憬。

有时，他们会同时打住话题，默默地望着眼前越来越丰满的树，他们仿佛能听见夹竹桃的茁壮根茎，在他们脚下的土地里延伸时发出的微乎其微的声音，这声音神秘莫测却无比亲切，宛若大自然的无声自语、星辰瞬间从云层间闪出的声音，又像是花朵脱离枝头那一刻的短暂叹息。

花解语

夏秋之际，如果驱车在高速公路上，会发现道路两旁常有绿油油的植物屏障，丛生似凤尾竹，茂密的枝叶上簇拥着团团花朵，星星点点，层层叠叠，白的、红的，粉的，花艳似三月桃。这就是人们司空见惯的夹竹桃。

夹竹桃，顾名思义，似竹非竹，似桃非桃，夹竹夹桃，似是而非，这种“混杂性”是夹竹桃三生三世的特有属性，省得诗人再写：竹外桃花三两枝……它一身就兼了。

虽然在中国各地广为栽培，但夹竹桃却是一个外来物种，唐代就有记载，有一个具有异域风情的名字：俱那卫，应该是音译（南宋时又译成枸那花），但是根据何种语言翻译的不得而知，总之是随中西方交流通道进入中土大唐就对了。这种花在中外文学史上都留下了斑斑驳驳、重重叠叠的印迹，看来这种混杂性的花卉也蛮会“惹事”的。夹竹桃可以说是天使和魔鬼的混合体，一柄双面刃：一方面身姿婀娜艳若桃花，另一方面却又“蛇蝎心肠”毒以致命！让人联想到希腊神话中的美杜莎女妖。

对夹竹桃既喜又惧的心理，很容易让人忽略夹竹桃另外一个特殊的禀性，那就是具有很好的抗烟雾、抗灰尘、抗毒物和净化空气、保护环境的能力。夹竹桃的叶片，对二氧化硫、二氧化碳、氟化氢、氯气等对人体有毒、有害气体有较强的抵抗作用。夹竹桃即使全身落满了灰尘，蓬头垢面，仍能旺盛生长，被人们称为“环保卫士”，而且，夹竹桃还特别耐“虐”，萌蘖能力强，枝干受伤后，容易自愈，让人省心省力。

这就难怪夹竹桃经常被连片种植在公路边，既能净化空气，也能美化景观，还能挡风隔尘，一举多得，这也是对夹竹桃美的赏识、毒的认知之外的第三个方式。

张子帆

见之烦恼无

合欢是夏季花树，它原产美洲南部，在我国黄河流域及珠江流域都有分布，足迹直达北方的辽宁。晋代的崔豹在《古今注》中就提到过这种植物：“合欢，夜合也……木似梧桐，枝甚柔弱；叶似皂荚槐等，极细而繁密，互相交结，每一风来，辄似相解了，不相牵缀。”

在很多北方城市都能见到合欢树。

每天，太阳一出，睡了一夜的羽毛状叶子便会舒展开来。看见街道上车水马龙，人来人往，慢慢地热闹起来，路两边的合欢树们也开始努力地伸展着，叶片们忙活起来，层层叠叠地交织着，像鸟的翅膀一样，铺成一片。树上，合欢花也在认真地开。它们丝丝缕缕的花球，如挂在马颈下的带饰，人们因此又叫它马缨花。盛开的合欢花很轻盈，一丝丝的花蕊在晨风中轻轻拂动着，悄悄地把带着夏日温度的香气散播开来。花朵们浮在绿叶之上，如红色的云雾。远远看去，合欢树就像大鸟背负着红云，守护着整条道路。早上，从这样的路上走过，一天心情都是美美的。

从外型上看，合欢树就像超大号的含羞草，“婴儿期”的合欢树常常会被人误认为含羞草。作家史铁生在怀念母亲的《合欢树》中就写过这种植物。母亲到劳动局去给儿子找工作，回来时在路边挖了一棵刚出土的“含羞草”，种在花盆里，没曾想它竟是一棵合欢树！小小的合欢树，像照进苦难生活中的一缕阳光，带给了母亲欢喜。

在汉语中，“合欢”一词带着美意，这种名为“合欢”的树自然很受人们的青睐。

有人曾写下这样的诗句夸赞合欢:“叶似含羞草，花如锦绣团。见之烦恼无，闻之沁心脾。”自古以来，人们就有种植合欢树的习惯，在院子里种上一棵，寓意家庭幸福、夫妻和睦。西晋时有个叫崔豹的人，出生在今北京密云，他也是合欢的粉丝。在他看来，合欢可算是一种“开心树”。他在《古今注》写道：“欲蠲[juān]人之忿，则赠以青裳。青裳，合欢也。植之庭除，使人不忿。”意思是说：要是与小伙伴之间发生了不愉快，想化解它，就送他合欢。要是在庭院里种一棵合欢树，那就会更加心平气和了。

西晋的嵇康是“竹林七贤”的精神领袖，他崇尚老庄，讲求养生。这位养生达人在《养生论》中提到了两种用于治疗心理疾病的花草：萱草和合欢。“萱草忘忧，合欢蠲忿”——萱草忘却忧愁，合欢平息愤怒。

崔豹和嵇康的说法与中医的看法一致，因为合欢花含有合欢苷和鞣质，的确具有解郁安神等作用，是治疗神经衰弱的佳品。元代龙辅《女红余志》就记载过一个“病例”，说有一个叫杜羔的人，他的妻子赵氏在每年端午时分都会采些合欢花用来填充枕头。遇到杜羔心情不好，赵氏就拿些合欢花，用酒浸了，让丫鬟拿给杜羔喝。这样想来，杜羔的妻子赵氏也应当是一位合格的家庭保健医生了。

当然，也有人从“男欢女爱”的角度解读合欢树。例如，明末清初的文学家李渔就在《闲情偶寄》中写道：“此树朝开暮合，每至昏黄，枝叶互相交结，是名合欢。”他从合欢树树叶的开合展开联想，还说合欢树必须要种在夫妻卧房附近，即“合欢之花宜置合欢之地”“人开而树亦开，树合而人亦合。人既为之增愉，树亦因而加茂，所谓人地相宜者也”。不但如此，这位高人对养好合欢树也有“独门秘方”，说用夫妻合浴的隔夜洗澡水来浇树，非常有用。但是，合欢树“怎么想”？它真的欣赏李渔的“合欢汤”吗？也许只有天知道了！

与合欢树美好寓意不同的是，有关它的传说故事都与凄美 的爱情有关。

一个故事是关于虞舜与二妃的。据《史记·五帝本纪》记载，“舜南巡狩，崩于苍梧之野”，消息传来，帝妃娥皇、女英遍寻湘江，终未寻见。二妃终日恸哭，泪尽滴血，血尽而死。后来，人们发现她们的精灵与虞舜的精灵“合二为一”，变成了合欢树。

另一个故事是关于战国时宋康王舍人韩凭的。据干宝《搜神记》载，宋康王觊觎韩凭妻子何氏的美貌，不但霸占人妻，还让韩凭去做苦力。韩凭托人带信给何氏，不久后自杀身亡。何氏收到信后终日以泪洗面，郁郁寡欢，暗暗地也做了打算。一天，康王与何氏登上高台，何氏随即从高台跃下。康王上前一把拉住何氏的衣服，哪知她故意穿了一件用苦酒浸烂的衣服，康王的手中只留下几块碎布片。何氏在衣带上留下遗书：希望把自己的尸骨与韩凭葬在一起。康王闻之大怒，命人将二人分葬，使两冢遥遥相望。不久，两冢各自长出一棵大树，树枝相拥，树根交错，并有鸳鸯栖宿树上，晨夕不去，交颈悲鸣……

写合欢树的诗很多，最哀怨的当属清代纳兰性德的："不见合欢花，空倚相思树。"当一切都还没有成为过往的时候，相思树与合欢花带给人的期待该是多么美好啊！

每朵合欢花只开一次，就像每个人只过一生。一生中，未知的事有许多，生命因此令人期待。李渔说："凡见此花者，无不解愠成欢，破涕为笑。"不管是谁，只要能与幸福的合欢相遇，就祝他好运吧！

满城尽带黄金团

欧洲人凡事都喜欢讲究仪式感，走亲访友聚餐派对时，很少有人会空着手去，因为这是公认的没有教养的举止。在所有能充当礼物的物件中，甜品酒品与花花草草，肯定是能应用得最得心应手的东西了，没有谁会不喜欢旁人赠送的一束鲜花或一株植物。

在国外教书多年，常收到学生在各种场合送的花，圣诞节有绿叶红花的喜庆圣诞花，情人节也会在讲台前看到独支包装的红玫瑰，生日常有蝴蝶兰或铃兰，但每年中收到鲜花最多的日子，非“三八妇女节”莫属。

进教室的男生，怀里常有很多束金合欢花，毛茸茸的金色花序呈簇生状，在羽毛般秀丽的绿叶陪衬下，宛如排列随性的簇簇袖珍绒球。男生会将金合欢花分送给班里女同学和女老师，讲台上、课桌上不一会儿就会积成小堆，整个教室弥漫它特有的浓香，惹得花粉过敏的人打着响亮的喷嚏，引起阵阵善意的哄笑。

“三八妇女节”这天，漫步意大利的任何地方，都会发现这天是金合欢花唱绝对主角的时光。从一大清早，金黄色的小绒球就布满城镇所有最热闹的地方，它们那鲜艳明亮的毛茸茸的黄色，使早春的一切都笼罩在温馨浪漫的气氛中。男人手里捧着赠人的花束，女人手里拿着收到的花束，包包上也常插着小束金合欢花。商店、酒吧、十字路口、学校、医院、公司、机关的入口，都会站着怀抱一大堆金合欢花兜售的临时卖花人，他们向所有路过的男人笑脸相迎，希望尽快兜售掉身后堆在大筐里的成堆花束。

这些流动卖花者都是临时商贩，既没有执照也没有店铺，他们的生意只做一天，做的是无资本投入的生意。对城郊的金合欢树的具体位置和开花状况，他们会早几天就去观察，做到在“三八妇女节”前夜胸有成竹。

采摘行动通常会放在3月7日的夜晚，几个人分工明确，有爬上树剪摘带着叶片的花枝，有在树下整枝后，将此装入一面银色一面透明的塑料袋里，最后有人仔细地将包好的花束排列在大筐里。在夜的寂静中，他们悄悄干到凌晨，以此保障次日有充足的货物。大部分采摘者会善待合欢树，因为它们是来年珍贵货源的根本。但总不乏野蛮采摘之人，他们揣着一颗急功近利的心，不备必需的工具，赤手空拳在枝上攀援，野蛮采摘，掰断枝干、踏烂花蕾和绿叶。因为它的美丽，金合欢树每年都免不了遭受这样的劫难。

但从来就没有方法能辨认得出，笑盈盈的女人怀中、手上的金合欢花枝，是由什么方式采摘来的，它们在被爱抚着、轻嗅着，被插在陶罐和水晶瓶中，装饰着女孩儿的鬓角袍襟，被宠被爱一

整天。这一整天，城市的主色调是金黄色的，弥漫的空气是金合欢的呼吸。

这场金合欢花的狂欢，会延续到夜晚，但随着夜色深沉，餐馆酒肆门外卖花人手中的金合欢，已无可挽回地走向凋零，在令它们窒息的塑料包装袋中，那些最娇嫩的小绒球开始脱水干瘪，死亡的调子，以浅浅的褐色，悄悄地渗入了金黄的明丽中，清晨带着露水湿气的新鲜芬芳早已耗尽，焐熟的香气里带着微甜的腐味儿。

狂欢的激情总是短暂的，而花，也免不了成了狂欢的牺牲品。若是有人在妇女节次日清晨漫步街头，会轻易踏到成束的金合欢花上，它们凌乱地散落在那里，踩在脚下，传递出一种软绵绵的无奈之感，像是堆了几日的干草，黄色的绒球已经失去了香艳，垂头丧气地，等待着被遗弃在路边的结果，不一会儿，扫地车会将它们归入垃圾中。这失去自然生命周期的凄惨，这被无端践踏了尊严的不公，仅仅是因为它们被从郊外山坡上绿叶婆娑的树上，被人们采了下来，以爱的名义献给所爱之人。

若是当年倡议将金合欢作为妇女节之花的三位意大利杰出女性，看到这种景象，相信她们敏感的心灵会为之哭泣。

1946年，意大利共和国刚刚诞生，三位意大利妇女联合会的领袖，把金合欢花作为国际妇女节的标志，并将此写入议会提案中，理由如下：金合欢花将在严峻冬日经受的风霜雨雪，化为初春的充满光明和朝气的花朵，看似柔弱的花朵，实则蕴含着无穷的力量、顽强的生命力和坚韧，这和女性最让人钦佩的性格完全吻合。

另外，还有一个善解人意的理由，当时意大利刚走出“二战”的阴影，经济状况很不乐观，郊外山林田野间的金合欢，相对在温室中栽培的蝴蝶兰或红玫瑰，可谓最经济实惠的鲜花了。

这个提议还有一个更深层的意义，就是倡议者中的两位，是“二战”期间的反法西斯游击战士，她们熟知关于金合欢的一个悲壮故事，这个故事与她们价值观的契合程度特别高。

传说有个古老富饶的海岛，岛上的女性以美丽的金色卷发闻名，敌对国的男人们，不仅想掠夺海岛的物产，对海岛女子的美貌也垂涎三尺。

有一年到了繁忙的捕渔季，岛上的男人纷纷出海，敌对国的人趁虚而入，乘快艇登岛，将年轻的女人一并抓获，集中关押在离海滩最近的岩洞中，等待潮水退去之时带着战利品逃离。

在哭泣的人群中，有个名叫米禾的姑娘，她身材娇小纤瘦但性格刚烈勇敢。她从人堆中站起身来，劝大家不要灰心，不能就这样放弃逃跑的念头，因为如果就这样屈从，等待她们的命运会是永生为奴。

黑夜降临，米禾带头在黑暗的岩洞中向前摸索，企图找到另外的出口，不一会儿，她感到脖子上凉飕飕的，仿佛岩洞的上方有新鲜的空气进来。她踩在众人的肩头上，终于发现洞穴的上方有一道狭长的缝隙。

米禾用尽全身力气，想扩大缝隙，她的双手被坚硬粗糙的岩土磨得鲜血淋漓，最后，她终于能勉强将头部伸出缝隙。

清晨的海风吹来，吹动了米禾一头浓密的金黄色鬈发，长发在风中舞蹈，像是在召唤正在寻找她的亲人们。她金色的长发，在海边褐色的岩石间格外显眼，吸引了人们的注意力。终于，渔民们找到了岩洞，救出了自己的妻女。

但当米禾的未婚夫赶到岩洞时，他找到的是已经失去生命的女孩，米禾在狭窄的缝隙中窒息了。

人们将女孩抬到了海岛的最高处，猜想她一定愿意在这面向大海之处安息。等未婚夫回村做了下葬的准备，再次回到那里的时候，米禾却踪影全无，在她先前躺着的地方，出现了一棵长着羽毛状叶子的小树，绿叶之间，金黄色小绒球般的花朵，迎着从海面吹来的微风，散发出阵阵香气。

伤心欲绝的年轻人抚摸着那些小花朵，它们香味袭人的柔软质感，竟与米禾金色的卷发一模一样。

从那以后，当海岛最高处的金合欢绽开有着太阳般金色光斑的花朵时，人们知道，这是米禾在向他们传递春天复活和生命轮回的信息。尽管风还没有脱离寒冷的强悍，雨也仿佛比过去的冬季更让人沮丧，高处金黄色的合欢树，却以旺盛的生机和温柔的明媚，向人间倾诉它的勇敢和坚强。

植物界中不乏勇敢刚强的草木花树，但金合欢的勇敢和刚强，在于它缀满无数轻盈绒球的枝干中、它嫩绿纤秀的羽毛状叶子中、它雅致婀娜的树形中，也许正是这种“柔中带刚”的特性，使其余关于它的古老花语，在时光中逐渐失去了魅力。

花解语

“我有花一朵，种在我心中，含苞待放意幽幽；朝朝与暮暮，我切切地等候，有心的人来入梦。女人花摇曳在红尘中，女人花随风轻轻摆动，只盼望有一双温柔手，能抚慰我内心的寂寞。”

每次听到梅艳芳的《女人花》，都有一种心痛的感觉，因为现实是残酷的，对幸福生活的向往对于很多人来说永远都是一个梦。

花儿美丽而易逝，娇艳而敏感，把女人比作花再贴切不过，而合欢无疑是最能代表女人特质的一种花，其寓意为“合家欢乐，夫妻和睦”，这朵花的心中最为期望的是有爱人陪伴，家庭幸福美满。

梅艳芳就是一朵娇艳的合欢花，绚烂夺目而生命短暂，她在歌唱和演艺事业方面取得了巨大的成功，但家庭生活和感情生活却无比坎坷，她因宫颈癌去世时，年仅四十岁。她终身未嫁，却独自撑起一大家子的生活。哥哥把她所有钱财打了水漂，妈妈只轻描淡写地对她说：“我们都是一家人，这些钱就不要计较了吧”。当她发现自己患有癌症时，她妈妈的第一反应居然是让梅艳芳把钱都留给她哥哥和自己花。梅艳芳最后给家人留下生活费，把遗产捐赠出去，可就在她去世后的第二天，她的妈妈就带着哥哥打起了官司，想要回所有遗产。

“花开堪折直须折，莫待无花空折枝。”诗句之意虽是劝人要珍惜光阴，但对于一个女人而言道理也是一样——人生苦短，生命易逝，一定要懂得善待自己，活在当下。

林乃炼

此花开尽更无花

这个与菊花有关的故事，发生在北宋某年秋季的某一天。

大诗人苏轼去拜访王安石，不巧的是王安石有事外出了。苏轼打算回去，家人却说王大人马上就回，请苏轼去书房等候。

苏轼进了书房，见书桌上摆着一张纸，上面有一首诗，只写了开头几句。那是一首咏菊诗：“昨夜西风过园林，吹落黄花满地金……”

苏轼不禁哑然失笑：“先生真是糊涂了！菊花在秋天开放，就算凋谢了也是留在枝头上的，怎么能说‘吹落黄花满地金’？”苏轼敲敲桌子，“知识性差错哈！先生这么权威的人犯这样的错，让别人知道了有多不好！我得提醒他……”

他沉吟片刻，便拿起笔在诗后写了几句：“秋花不比春花落，说与诗人仔细吟。”

苏轼左等右等总不见王安石回来，便回家去了。

几天以后，苏轼到黄州赴任，就没再顾及“秋花”的事。过了不久，苏轼在黄州就遇上了菊花盛会，百姓们都跑去观看，可谓万人空巷。苏轼是个美食家，菊花也在他的养生食谱中，他称自己：“常食杞菊，及夏五月，枝叶老梗，气味苦涩，犹食不已。”他这么喜欢菊花的人，哪能不去凑热闹？菊展在一个很大的园子中举办，里面摆满了菊花，花多是黄色的，金灿灿一片，煞是耀眼。那些名贵的品种架在一个台子上，紫的、红的绚丽夺目，还有些不同造型的花，十分漂亮。苏轼一边走一边欣赏，秋风夹着花香迎面扑来，令人神清气爽。走到园子的一个转角时，忽然吹来一阵大风，苏轼不由得拢了拢衣襟，低头竟然发现金色的菊花瓣呼啦啦落了满地。苏轼愣住了：“原来并不是所有菊花都抱死枝头啊！”他恍然大悟，顾不得继续赏花，急忙往家赶。苏轼决定立刻给王老前辈写一封信，承认自己的无知，并说以后要当面向他道歉。

冯梦龙在《警世通言》中记载的两位文学大家关于菊花的趣事，无意中让人们了解了菊花有不同的品种，苏轼只知道抱死枝头的菊花，王安石写的则是“落英之菊”。

其实，王安石诗中所写的“落英之菊”，屈原早在《楚辞》里就有提及：“朝饮木兰之坠露兮，夕餐秋菊之落英”。早上喝木兰上的露水，晚上吃秋菊掉落的花瓣——这么“仙”的日子，雅得简直令人无法想象！问题是，《楚辞》中这样的“名家名句”，大文学家苏轼为什么没好好背诵呢？这个问题还真不好回答。

菊花在中国十大名花中排第三，与梅、兰、竹，并称为花中四君子。

国人最早对菊花的记载见于《周官》《埤雅》。《礼记·月令篇》：“季秋之月，鞠有黄华”，说明菊花在秋月盛开，野生的菊花只有黄色。随着培植技术的进步，到唐代才有了紫色和白色的品种。

人们对菊花的认知最早仅限于嫩苗可以做菜，随后逐渐认识到了菊花的药用价值，将菊花用于养生。就是说，像苏轼那样嗜食菊花的人，绝对大有人在。而后，人们又不断将菊花的功效神话，并演绎出了一些神异故事。

汉代的应劭在《风俗通义》中就记录了一个有关菊花能使人长寿的故事：河南有个叫甘谷的村庄，村里的三十几户人家，一般都能活到130岁，活到七八十岁一点都不稀奇。后来人们发现，原来山上有一股山泉流经一片菊花丛，花瓣落入水中，将清冽的山泉染成一片金黄。村里的人长年饮用清冽、甘美的菊花山泉，因此健康长寿。

关于菊花的另一个神奇故事是说东汉汝南恒景跟一位道士学道。一天，道士告诉他：“九月九汝南有大灾，你带家人登山饮菊花酒可消灾祸。”恒景照着道士说的做了，回来时发现村里“鸡犬暴毙”，他和家人因此躲过一劫。此后，民间便有了九月九登高饮菊花酒避祸的习俗。

汉代时菊花与人的生活关系密切，从宫中皇帝到普通百姓，都对菊花青眼相加。汉武帝在《秋风辞》中用“兰有秀，菊有芳”

的诗句赞美菊花，《神农本草经》中则记录了它的神奇之处：“菊花久服能轻身延年。”《西京杂记》中也有：“菊花舒时，并采茎叶，杂黍米酿之，至来年九月九日始熟，就饮焉，故谓之菊花酒。”当时，人们非常热衷于饮用用菊花酿制的“长寿酒”，并认为它有滋补作用。一直到三国时期，“菊花酿”都是最时尚的“伴手礼”。

到了晋代，人们对菊花的喜爱又从物质层面上升到了精神层面，这当然要得益于晋代的诗人陶渊明，是他使菊花成为“高人隐士”的重要标签。

陶渊明写过不少咏菊诗，最有名的就是：“采菊东篱下，悠然见南山”“秋菊有佳色，更露摄其英”。陶渊明喜欢品尝菊花，更喜欢用菊花酿酒。檀道鸾在《续晋阳秋》中，讲述了陶渊明在菊花丛中赏花饮酒的故事：“陶潜尝九月九日野外酒，宅边菊丛中，摘菊盈把，坐其侧久，望见白衣至，乃王弘送酒也，即便就酌，醉而后归。”这就是成语“白衣送酒”的由来。

陶渊明看破名利，远离黑暗的官场，隐居田园，回归自然，他与菊花一般具有气韵高洁的品质，达到了人菊合一的境界。他写下了诸多与菊花、自然有关的诗作，因此被后人称为田园派诗人的鼻祖和“隐逸诗人之宗”。菊花因陶渊明而被称为“花中隐者”，陶渊明也因“为菊花代言”而被封为菊花花神。

中国栽种菊花的历史大约有3000年。宋代是栽培菊花最为兴盛的时代。宋人刘蒙的《菊谱》（1104）是最早记载观赏菊花的一本专著，记有菊花品种26个。范成大的《菊谱》（1018）记载有35个品种，并记录了“合蝉”“红二色”等珍惜品种。清代陈淏在《花镜》中记载的菊花品种已达154个。时至今日，经过世代花匠们的精心培育，菊花的品种已有7000余种。

中国古人不但种菊花，还有许多因菊花而展开的娱乐活动。很久以前，在秦朝的首都咸阳就曾举办过菊展。时光流转，朝代更迭，直到北宋变成了南宋，菊展却一直都有人在操办。据《致富广集五记》记载：“临安园子，每至重九，各出奇花比胜，谓之开菊会。”这在《杭州府志》中也有证明：“临安有花市，菊花时制为花塔。”可见南宋时的首都临安仍然有花市、花会。

公元8世纪前后，作为观赏花卉，菊花由中国传至日本。不知大家有没有注意，日本皇室的象征便是一朵16瓣的菊花，而日本护照的封面上也有类似菊花的徽章。

17世纪末，荷兰商人将中国菊花引入欧洲，18世纪传入法国，19世纪中期引入北美。此后，中国的菊花开遍了整个世界。

只是现在国内除了秋季的菊展，黄色和白色的菊花更多地出现在墓地或葬礼上。这和中国的传统习俗毫无关系。自菊花传入欧洲后，欧洲人普遍认为菊花是女巫种的“墓地之花”。想不到当菊花从欧洲兜兜转转回到国内时，又具备了另一种功能：寄托、缅怀、哀思。

菊花安静地开，安静地落。它不与百花争艳，是一年花季的终结者。唐代诗人元稹的诗句写出了人们爱菊花的理由：“不是花中偏爱菊，此花开尽更无花。”

长情的陪伴

晚秋时分，西西里岛巴莱莫城晴空万里，艳阳高照，空气中尚流动着漫长夏季的余温，那些灿烂日子的热烈影子，对这片土地的眷恋，如同心中揣着满满爱情的人，一步三回头，割舍不下。

虽已是秋天，但费利佩娜宫树影绰绰的园林地带，还是有着姹紫嫣红的色块和斑点，最后一波夏花正顽强地开着。

一大清早，这里的集市就开张了。打点得清清爽爽的各种摊头上，琳琅满目的货物让早起的人们驻足。费利佩娜宫庭园中的宽阔空地，是巴莱莫城一年一度的“悼亡节集市”的固定场所。这个只持续三天的集市，被当地人简单地称为“亡人集”，是西西里岛的重要节日集市，置身其中，西西里人独特的生死理念、奇妙的民俗民风形成的气场，足以征服每个外乡人。

放眼望去，花花绿绿的一片，仿佛“亡人集”所有的摊头，都是为孩子们设的，卖的不是玩具就是糖果甜点，让人不由猜想那些早起赶集者，都应是童心未泯之士。西西里岛的民俗大有“异国”风情之处，比如，家里不幸有人驾鹤西去，丧事之后，必定大排筵宴，邀请左邻右舍吃酒欢庆，以此为亡灵升天祈福；悼亡节夜里，好孩子们会收到来自家族逝去的老祖宗们送来的玩具和糖果，而坏孩子，要当心在睡梦中，被某位从未见过面的前辈，用擦奶酪的擦子擦脚底板。

不知哪一天，西西里岛所有的孩子们都知道了一个秘密，童话世界的玄妙也自此毁于一旦：糖果和玩具都是他们的父母从“亡人集”上买来的。皆大欢喜，再也无人害怕梦中脚底板会被擦。于是，11 月 2 号的“悼亡节”，更成了无人不爱的日子——孩子们期盼玩具和糖果，大人们享受能满足这份期盼的快乐。

集市上的糖果甜点，以当地典型的阿拉伯风甜品为最经典，除了丁香肉蔻杏仁味的骨头形状的“亡人骨”饼干，最吸人眼球的，就是用杏仁粉做的五彩“糖人”，有戴着羽毛头冠的武士、穿着纱裙的舞女，击鼓作乐的歌手等，皆被绘得浓眉大眼、色彩对比强烈。糖人摊，从来都是西西里集市上最聚人气之处。

那年，在集市中间地带的一个糖人摊前，聚集的人超过了所有的摊头，在那里，紧挨着那些几百年来一成不变、形态和色彩都有几分夸张的古典糖人，插着许多雅致多姿的“糖菊花”，缤纷招展的菊花，或呈盛开状或含苞欲放，就连那墨绿色的叶子，也被塑得栩栩如生。阳光的温热在花朵上缓缓地淌着，使之散发出浓郁的苦杏仁和蜂蜜的香味，让许多不识菊花清香的人，误以为这就是花朵的气息。

传统意识很强的西西里人，看着它们，眼中泛起了莫名的柔情。他们啧啧称奇之余，喃喃地说着：“这花，怎么舍得吃！”边说边看着粘在孩子们嘴角那细长卷曲的彩色花瓣和他们清澈的眼睛，在秋日的透明光线中颤动。

有人将糖菊花摆到了家中亡灵的照片前。有人买下一束，奢侈地插到了亲人的墓碑前，认定这色香味俱全的花朵，一定比公墓里每个碑前都有的铺天盖地的真菊花，更让亡灵愉悦。

作为中国自古就被推崇的花中四君子之一，菊花除了它的清雅之美，更重要的是它有在寒冷袭来百花凋谢背景下绽开的气节。而在西方文化中，少有花草树木的品性被升华到人类的精神道德层面上来，更何况在17世纪前一直相貌平平不为人关注的普通菊花呢!

虽然欧洲古代的菊花离国色天香相距甚远，但当秋风乍起，大片黄色花朵点缀山坡和草场的情景，还是很让人叹为观止的，古希腊人尤其喜爱菊花的纯正黄金色，以“金花”冠名之，一直沿用至今。

欧洲本土的菊花是艾菊，花型质朴无华，颜色也素雅单一，与观赏花卉的常规标准有较大的距离，但在药用方面，却是其他更有姿色的花卉望尘莫及的。人们很早就从阴干的菊花花瓣和菊花叶中提取菊蒿素，这种极苦且有毒的物质，酌量食用可作为驱虫剂，尤其对蛔虫和饶虫有特效，另外，用大量的水稀释，服用后，能起到消炎、镇静、安眠的效果。菊科植物中有一种被称为“圣彼得草”，在烹调中被广泛使用，除了能除去动物蛋白质的腥味之外，还在于它含有可以刺激胆汁分泌的成分。

中国的菊花传入欧洲的过程可谓好事多磨。据记载，17世纪下半叶，一位荷兰商人漂洋过海抵达日本，时值秋日，各色菊花次第开放，满城清香缥缈，令人神清气爽。惊艳不已的荷兰人选了最奇葩的几种，带回了祖国。但不知什么缘故，花朵凋谢后，新鲜感也随之消退，神奇的东方菊花并没有像人们预期的那样在欧洲广泛栽培，相反，被冷落了一百多年。直到1789年，一位名叫布兰夏尔的马赛商人来华，在惊呼菊花美若天堂之花之后，将它带回法国并赋予“中国甘菊”的名字。随后的1798年，素被欧洲公认的“园艺爱好者”的英国人，从中国江浙一带和日本觅到些珍稀品种，并在伦敦培植出新品种。至19世纪中叶，在英国成功杂交种植的菊花品种，已达40多个。从此，在上流社会的贵族圈内，大家都以自己园子里拥有几株花型奇特的有着羽毛状花瓣的东方菊花为骄傲。再后来，菊花自然而然地跻身欧洲观赏花卉之列，人们在很多场合甚至用菊花取代了约定俗成的玫瑰、百合等，赠送菊花也就成了有品位、有风度的时尚之举。

话讲到这里，必须说一个“但是”，上面提到的“欧洲”，并不准确，有几个国家并没有将菊花完全纳入观赏花卉之列，这些国家中，意大利应该排在首位。

意大利人习惯将菊花作为“丧花”，一般不作为礼物送给大活人。如若有不知此风之异乡人，在秋天艳阳的一日，经不起花店中偶遇的小礼花般绚烂的菊的诱惑，买上几朵送给朋友或爱人，那么就会闯大祸，要是被赠花者不露愠色，说明此人的修养和肚量非同一般，但谁也不能保证，送花人一走，花束会面临即刻被扔入垃圾桶的下场！

菊花丧花这事儿的原委，就连意大利人自己也说不清，为什么在古希腊有“金花”这么好听名字的菊花，后来被局限成了只在墓园中用的花朵。最普遍的说法是跟菊花的花季和花期有关，“我花开后百花杀”之际，恰逢欧洲的“悼亡节”，每年11月2日前后，是全民扫墓季。人们去落叶如毡的墓园看望逝者，手捧着的，除了少数鲜艳的蝴蝶兰、容易打理的康乃馨，最常见的就是当季盛开、花期较长且不娇贵的菊花。久而久之，公墓也有了春秋两季固定的独特气息：春天里有微风传送的浓郁松柏脂香；秋天有久久停滞的略带潮湿的菊香。如同中国的“雨纷纷”让人联想到清明时分，苦兮兮的菊香，让意大利人眼中出现的是秋风中的公墓。

通常，卖花者是首先抗拒不了花卉新品种魅力的那一类人，他们当中少不了做尝试的，也许想尽力拓展美的疆界吧，说服人们将异国风情的美丽菊花赠给活人，或带回家插在书案上，但得到的回答常常是：

“哦，这些花确实太美丽太神奇了！祖母一定会非常喜欢，悼亡节时会给她带去，希望到时还能买到。今天，请给五朵粉色玫瑰，配几串铃兰和冬青枝条吧！”

后来，卖花人也机灵了，会这样说：

“你瞧瞧这花，是雏菊的最新改良品种，美不胜收吧？”

是啊，很少人会拒绝象征纯真爱情的雏菊，在人们心目中，春天里，它舒展轻盈白色花瓣的碧绿草场，距离秋日寂寥的公墓，实在太遥远了。这样，沾了雏菊的光，有时，几朵菊花会出现在人怀中抱着的花束里，带着异常清丽的美，美得落寂，免不了有点愤世嫉俗。

花解语

因为喜欢吃蟹，所以就顺带着喜欢了菊花。据说，吃蟹的时候，旁边就应该有一盆菊花，否则就辜负了这个季节。

记得小时候，杭州的植物园或者花圃每年都会举办菊花展，而秋游的学生总会被要求写一篇命题作文，这实在是一件恼人的事情。所以，少年的我，其实是颇有些烦菊花的。

后来读书读到《爱莲说》，说是“晋陶渊明独爱菊”，再后来，就是读“采菊东篱下”之类的诗了……再后来么，持螯赏菊，倒是物质精神相统一了，菊花的形象也变得明晃晃起来。

菊，原本是淡泊、古雅的，文人爱它闲云野鹤般的清高姿势，为它挥毫泼墨，为它吟哦寄情，它的地位自然也不同于凡花俗草。然而，自陶令以下，爱菊的人太多，菊花的种植也太过普及，“翩翩一只云中鹤，飞来飞去宰相家”。于是今天的菊花也就少了一份遗世独立而带上了一份世俗的欢喜。这倒也好，让我这等只谙世事甜美的凡夫俗子也少了一份顾忌。于是便随意处置，把菊花晒干，拿来泡茶，说是有清热解毒、平肝明目之功效。杭白菊便成了我秋日的案头清供。

明明是鲜艳的花朵，却把它拿来风干。关键是居然还喜欢上风干的东西，看来我是老了。

只是在菊花飘香的秋日，睡梦中还忆起：杭州植物园现在还举办菊花展吗？老师可要我再去写一篇关于菊花的文章？

陈华胜

恰恰缕金裳

朋友租了一个农家小屋，简单装修，住进去已经是初冬。

她找了个日子约我去喝茶。两人坐在暖阳里有一搭没一搭地谈天，看看四周阴沉着脸的山，品品杯里轻灵跳跃的绿茶。

隐隐地，空气中有一阵异香缓缓地碾压过来，迅速地占领了你的身心，但倏忽之间又不见了。这是什么香？朋友指了指庭院的一角："蜡梅。"

转过身，果然发现庭院角落里有一丛蜡梅。枝子枯瘦黝黑，像冰冷的铁棍，上面缀满了黄色的花朵，正开得热情洋溢。那花朵一点也不惊艳，低垂着，很谦和的样子，像一只只迷你佛手摆出的手印，散发出些许禅意。它纤长的花瓣微微张开，质地油润似蜡，暗红色的花心从中探出来，流露出包裹不住的欣喜。

我深深吸了一口花香："真是难得！"

朋友笑着说："就是因为它，我才来这里。"

的确，中国人对蜡梅有一种独特的情感，因为这是一种非常中国的植物。原始的蜡梅生长于我国的秦岭、大巴山、武当山一带。湖南、湖北、浙江，也都发现有野生蜡梅群落。世界其他国家的蜡梅都是从我国引进的。

蜡梅不畏严寒，傲雪绽放，品格清奇。唐代诗人李商隐的七律《酬崔八早梅有赠兼示之作》中就有"知访寒梅过野塘，久留金勒为回肠"，这里的"寒梅"和"早梅"指的就是蜡梅。

蜡梅貌不惊人，只因它凌雪绽放又芳香怡人，才被人们拿来反复解读。有一些人把蜡梅称为"腊梅"，这可能源于对"蠟"字的误读，也可能是因为它在腊月开花。但不管怎么说，这都是个错误。也有人把蜡梅和梅花混为一谈，其实梅花和蔷薇的关系更近。南宋范成大在他撰写的《梅谱》里虽然收录了蜡梅，但他也说："本非梅类，以其与梅同时，香又相近，色酷似蜜脾，故名蜡梅。"就是说，这种花长相、花期、花香都像梅，但并不是梅。

蜡梅以前叫"黄梅花"，直到北宋元祐年间，它才有了一个新名字——蜡梅。这事还和名人苏轼、黄庭坚有关系。当年，大文豪苏轼也为腊梅作了点评，说它"香气似梅，似女工撚[niǎn]蜡所成，因谓蜡梅"，并写了首腊梅诗赠给赵景贶："天工点酥作梅花，此有腊梅禅老家。蜜蜂采花作黄蜡，取蜡为花亦寄物……"他的学生黄庭坚紧随其后，也写了《戏咏腊梅二首》，并题注："京洛间有一种花，香气似梅花，亦五出，而不能晶明，类女功撚蜡所成，京洛人因谓之蜡梅。”

我国现存有五大古梅，湖北章华寺中的楚梅被称为“天下第一梅”。据说，这株蜡梅是楚灵王建章华宫时所植。当年为建章华宫，楚灵王“举国营之，数年乃成”。而且，这位君王有着极为奇特的审美眼光——好细腰，宫中不知有多少人为讨好君王送了性命。如今，2500 多年过去了，被称为“天下第一台”的宫殿早已毁于兵乱，只留下楚灵王亲手种的蜡梅，依然年复一年在冬天的飞雪中绽放。那扑鼻的花香、朴素的花朵，好像是对昔日繁华的祭奠。

传说，原来的蜡梅并没有香气。

那是一个寒冷的冬天，河南鄢陵刘庄村的老花匠为了生计不得不在户外劳作。大寒小寒接踵而至，漫天的飞雪，呼啸的寒风……冬天把地上的生命冷藏了。窘迫的生活，毫无希望的日子，老花匠觉得自己的生命也在被冬雪一点点掩埋。这时，他意外地发现了腊梅。娇巧玲珑的花们正在热情地开放，用独特的方式与严冬抗争。这些点缀在干枯枝条上的花朵，像生命的种子，让老花匠又看到了希望。那时候，能在冬天开放的花并不多见，腊梅花的事很快就传到了西周鄢国国君的耳朵里。国君派人来找老花匠，限期让他把腊梅送到宫里，而且还提了个要求——让腊梅吐露芳香，否则将受到严惩。老花匠完全想不到，原本让他重生希望的花却变成了让他迅速走向死亡的妖孽。他带着一柄铁镐来到腊梅花前，一边砍着花枝一边流泪。他不明白，为什么上天对自己如此不公。突然，一个人站在了他的面前。此人慈眉善目，长发飘飘，一派仙风道骨。他拿着几枝样貌奇特的砧木将老花匠砍下的花枝嫁接起来。“砍不死的蜡梅，砍不死的蜡梅啊！”来人说罢哈哈大笑。老花匠发现，刚才的一地狼藉已全无踪影，腊梅的枝条更加茂盛，满树的黄花居然发出了幽幽的香气。那温润的香气把寒冷的空气切碎了，让人感到温暖异常。老花匠抹去泪水，想向来人致谢，却发现那人早已不知去向……

于是，花匠的性命得以保全，鄢陵也成了最早人工种植蜡梅的地方。蜡梅有四大种类，鄢陵素心蜡梅是名冠天下的珍品，其心洁白，浓香馥郁。因其花开时不全张开且张口向下，似“金钟吊挂”，又名金钟梅。

蜡梅高洁、傲然于世的品性一直很受文人的喜爱。宋代的文人更是对蜡梅推崇备至，许多诗歌都对它有描述。从诗人陆游的《荀秀才送蜡梅十枝奇甚为赋此诗》中可以看出，当时人们会把蜡梅用来插花，并且作为赠送朋友的礼物。就连宋徽宗赵佶也在自己的画作《蜡梅秀眼图》中，给蜡梅画了个“写真”。宋人张翊在《花经》中甚至把它列入最高等级的“一品九命”，与兰花和牡丹同级。

雪中寻梅,或是插瓶赏玩,都是雅事,但最有趣的却是“吃梅”。让人想不到的是,作为医生的李时珍也变身了一回“大厨”,《本草纲目》给出的“吃梅”方式是:“蜡梅花味甘、微苦,采花炸熟,水浸淘净,油盐调食。”他一定想不到,这段文字,完美地解决了现代吃货们“能吃吗、好吃吗、怎么吃”的问题。

“你知道蜡梅也可以做成一道能解热生津的美食吗?”看了李时珍的“蜡梅食谱”,我笑着问朋友。

她沉吟片刻,说:“汪曾祺在《腊梅花》里写道,‘小时用腊梅骨朵搭着红天竺做成头花送给祖母、大伯母和继母,觉得自己应该当一个工艺美术师的,写什么屁小说!’看来,亲近蜡梅的方式并不只有赏花。哈哈,我们也可以喝完茶,试着做个伙夫!”

初冬的暖阳渐渐乏力,明黄色的蜡梅已经被夕阳涂上了一层绛红色,蜡梅的香气中居然夹进了几丝柴草的味道……

很少有人忘掉它的香味

在西方，有两类人会轻易认出它来，这种“轻易”的概念，包括不经意地瞄一眼或者仅远闻其香，而这两类人，却绝对是小众，他们或是专业学植物的人，或是狂热专注且见多识广的园艺爱好者。其他人，在这冬日傲雪的蜡质黄色小花朵前，除了对它沁人肺腑的香味赞不绝口之外，就一定没有什么可说的了。

是的，腊梅在欧洲，确实是株“小众”植物。虽然绝大多数人识不得它，但按照他们的直觉，会毫不犹豫地把它判断为“从东方来的花”。

首先，是因为这些底部染着殷红色斑块的黄色小花，开放在坚硬的浅褐色枝上，并无半点绿色陪衬；风吹过来，花瓣丝毫不为所动，结成的星形花朵，凝重地停留在稀疏弯曲的枝杆上，直至枯萎褪色，像用久了的脆薄旧纸片，整朵整朵地无声落下，像是给枝上旋即冒出的葱绿叶尖让位仪式，这种在不解禅意又为禅意所吸引的西方人眼中，充满了无限的禅意。

其次，虽然腊梅花色、香、韵、姿俱佳，但在大多数人眼中，还是少了常见美丽花朵的艳丽、轻盈和摇曳，或许是这种极其自我、孤芳自赏的冷艳，让人油然而生一种完美的隔阂、可望不可即的遥远感，这和很多人心目中东方文化那最神秘的部分相似。

其实，很少人会将目光投向春夏秋季节的腊梅树，这三季里的它，用“朴素”二字来形容，是最恰当的了。因为它仿佛不具备任何值得特别关注之处：相对于它的高度，叶子在宽度和长度上都略显过头，叶尖常会有挂垂趋势，在走向略显任性的枝干上显得有点漫不经心，更谈不上优雅，光泽度不高的叶子的颜色，是那种无功无过的颜色，一旦上面出现黄褐斑，就不可挽回地丧失了它的青葱美。

寒风冰雪笼罩大地之时，腊梅花如期盛开，它那小巧的黄色花朵，却还太嫌素雅，离花魁甚远，就连惊艳也很勉强。但是，没有任何人，会忽略它那既丰满又轻盈的芳香，“暗香浮动”，也许是描绘腊梅香味最精彩的说法了。它温柔滋润的知性中，时不时释放出一丝清冽的英气，借着冬日干爽洁净的空气，飘然而至，毫不张扬却让人难以忘怀，随后，如同一块华丽的丝绒帐幔，长时间地留在人的嗅觉记忆中。很少会有人记着腊梅树的样子，很少有人会忘掉它的香味。

由于腊梅这种个性极强的香味，世上就有了美名曰“腊梅水”的淡香水。但是，出乎意料的是，它的香，并没有腊梅花香那般执着的质感，相反，是淡淡浅浅的那种，像是在春回大地时芬芳空气的引子，又像试图重拾旧梦遗留下来的诗意，淡到隐隐约约，浅到适可而止。这充盈着古典式怀旧忧郁的香水，如其说是在重现腊梅花的香味，不如说是在叙述它的故事。

那是个残酷的冬天，一只年轻的知更鸟，在飞往气候温润的南方途中，被天上的云霞所迷惑，很快迷失了方向。接下来的连绵狂风雨雪，迅速掠走了它最后的能量和勇气，就在它在风雨中挣扎摇摆的时候，一个荒芜的花园出现在它的视野中。

孤独的知更鸟放弃了顶风飞翔的努力，向下自由滑落，它不再奢求重新找到去南方的道路，只盼望在这个园子里能找到个遮风避雨的所在，来保全性命。

冬日的园子，比它想象中的更加萧条不堪，残损的石头雕像上，晶莹的霜花宛若珠宝披挂一般华丽；镶嵌在昔日如茵草坪上的图案树篱，留下的仅是少许挂在枯枝的细碎残叶。知更鸟扇动着疲惫不堪的翅膀，在园子的各处留下了它的恳求，它从一棵樱桃树飞到一棵水柳，从玫瑰丛跳到紫薇枝头，却找不到任何可以给它提供庇护的地方。树木的干硬枝条在风中摇动，除了积雪，仿佛承受不了别的东西。

知更鸟的翅膀无力再扇动，胸前那片橙红色的羽毛，在风的呼啸中逐渐褪色，变成了失去生机的焦褐色。小鸟孱弱的身子颤抖着，全部的羽毛蓬了起来，仿佛想用此来抵挡寒冷的侵袭。小小的爪子微微地挪动着，在雪中留下的纤细痕迹，眨眼间就被落下的白雪完全覆盖。知更鸟乌黑的眼珠不再像平日那样灵动，更像两粒凝固的黑玉髓，疲倦的眼皮不时耷拉下来，最后，完全闭上了。

就在微弱的生命之火将要熄灭之际，小小的知更鸟听到了一个细细的声音，像是试图把它从一个遥远的梦中呼唤回来，它睁开眼睛循声望去，墙边立着一棵枝条放纵无章的低矮腊梅树。深褐色的叶子落在了它的根部，堆积成厚厚的一层，树上尚存几片，在寒冷中蜷曲着，像是眷恋着曾经青翠茁壮的枝条。叶子们簇拥在一起发出的细碎声音，在不停地呼唤着绝望的知更鸟。于是，它用了所剩的最后能量，展翅飞到了腊梅树根部，一头栽了进去。褐色枯叶的柔软，承受住了它疲惫的身子，枝头最后的几片黄叶，随即落了下来，盖住了它正在失去体温的躯体。

那一夜，知更鸟的梦中，出现了一个它飞遍山川大河平原丘陵都从未见过的奇特情景：一棵其貌不扬的朴素小灌木，向空中舒展着它那长得没有章法的枯干枝条，突然间，被天上璀璨无比的流星雨浇灌，刹那繁花似锦，芬芳无比。

次日，艳阳初照，白雪皑皑，知更鸟唱出了它重生后的第一首歌，这首歌，它是站在开满娇艳黄色花朵的枝干上唱的，清脆婉转的歌声，伴着一阵阵奇妙的芳香，在荒芜的园子中回旋，最后升向蓝天。

据说，从此之后，知更鸟们在秋末冬初飞往南方的途中，最后都会在腊梅树挂着黄叶的枝头停留歌唱，或者，有的索性就仿效曾迷失迁徙之路那只鸟，在腊梅树根堆积的温暖枯叶中逗留，度过严峻的冬天，期望在梦中也能看到天上落下的流星雨、腊梅一夜间花满枝头的美丽景象，再就是，能在阳光和白雪的照耀下，在花团锦簇的腊梅枝上歌唱新生，歌唱隐藏在白雪后边的春天。

小众的蜡梅花，由于小小知更鸟的故事，有了一个庄重而奇特的寓意：呵护。

若是有人在严寒之夜赠与你一枝蜡梅，朴素而真切的小花，貌似有点高冷，但它怡人的幽香时刻环绕着你拥抱着你，那么，不妨就相信他吧。

花解语

中国古人是不太画腊梅的，诗也不太写腊梅。而其他梅花的画与诗真是叫汗牛充栋。因为，中国画有“入画”“不入画”之说，而腊梅是“不入画”的，这在其他画种中是没有的，也是中国画作为中国文化表达的一种价值观，诗也一样。

为什么？一是腊梅枝杆都是直直的，这在中国画里——也在中国文化里，是不“文”的。袁枚说过，“文”都是“曲”的，所以天上只有“文曲星”没有“文直星”。二是腊梅的香气也是直直的，太露骨，不够含蓄，不够“曲”。中国文化中的香，应该是若有若无似是而非的，“暗香浮动”才是最高境界。

但奇怪的是，腊梅是“真正”的中国花，这也真是有点讽刺的意味。文化认同，也是很有意思的。有时候它会“认同”外来的，却不“认同”自身的。在非实用领域更是如此。“文”本来就是“无用”的——但说得高大上一点，这叫“无用之用乃为大用”。这化“无用”为“有用”的人，就是所谓的“文化精英”——那些掌握文化话语权的人。

俞樾《十二月花神议》中，将腊梅与苏东坡、黄山谷列为十二月花神，是因为“腊梅”的名字是二位给改的。有这三位文化精英的认同，腊梅就具有了“神”性。但，文化是有惯性的，直至今天，中国诗画中的腊梅还是不多见的。

曹工化

长安女子鬓边的小心思

人和人讲缘分，人和花也讲缘分。那天，在街口等红灯，边上停着一辆满是绿植的三轮，忍不住多看了两眼。骑车卖花的是个敦实的小伙子，和我搭腔说："不买一盆回去养吗？"我为难地说："不会养，养死了总是罪过。"小伙子笑了笑，顺手拿了一小盆绿植往我手里一塞："这盆打算扔的，您拿去玩吧，养死也没关系！"

灯已经绿了，他一边笑一边骑车走了。

"什么花？"我冲他的背影叫道。

"茉莉！"他的声音从马路对面飘过来。

拿了茉莉回家，才顾得上认真观察这"人间第一香"：两根细枝看上去很羸弱，几片叶子也有些泛黄，病恹恹的。它是要水，要肥，还是要什么土？这个娇弱的"两根枝"让人一头雾水。

查了资料，知道茉莉喜温暖湿润、通风良好、半阴的环境，赶紧弄了个大的盆把“两根枝”放在有光照又通风的窗角。也许是我的诚意感动了它，它竟渐渐生动起来，新抽的枝条上全是新叶，叶脉通透清晰，似乎能看见绿色的汁液在里面流淌。每天清晨，叶片们迎着阳光一张张舒展开来，骄傲极了。它们泛着油绿的光泽，居然长出了花的姿态！

茉莉属于外来物种，它只生长在不丹与印度相邻的一小部分地区，是阿拉伯人和波斯人最早发现了它，在花园里广泛种植，之后再向东西方传播。

唐时期，把茉莉作为头饰，是长安都城女子最时髦的打扮。红茉莉、白茉莉，姑娘和妇人各有所好，戴着茉莉花，没有金银珠宝的闪耀，却有清新淡雅的花香。在街头款款而行，哪怕是素衣淡妆，嗅觉的诱惑也能引来很高的回头率不是？

北宋时，茉莉已经在福建一带广泛栽培。宋《闽广茉莉》一书中记载：闽广多异花，悉清香郁烈，而茉莉为众花之冠。岭外人或云抹丽，谓能掩众花也，至暮尤香。苏东坡谪贬儋耳时，因见黎族女子头上簪着茉莉，于是写下了“暗麝着人簪茉莉”的诗句。

如今，茉莉在我国已有60多个品种，它不但在许多地方繁衍、大放异彩，还成了福州的市花。而广西的横县则是当今中国最大的茉莉花生产基地，被国家林业局、中国花卉协会命名为“中国茉莉之乡”。

已经进入五月，夏日的太阳性子真是火爆，早上一出来，地就热得开始冒烟。窗外的树在艳阳下无奈地垂着头，叶子也卷拢了，茉莉“两根枝”却显得欣欣向荣。养花手册里说过，“若要茉莉香，中午一瓢汤”，每天早上就让茉莉熬着，中午直接给它“一瓢汤”的关怀。过了不久，有几粒白色的花苞在绿叶中现身了！

那么，这盆“两根枝”是单瓣茉莉、复瓣茉莉，还是虎头茉莉？花苞是水滴状，而单瓣茉莉的花苞是尖的，多瓣茉莉比较少见，估计“两根枝”是复瓣茉莉的可能性比较大。

每一个花苞都很精致，花托如纤细的手指，轻轻地抚在白色的花苞上，好像一用力，就会刺痛它。花苞们昂着头，美美的样子，让人忍不住凑过去闻闻。果然有几丝香气透出来，轻轻的，淡淡的。

早上被滴滴答答的雨声惊醒，突然嗅到了一股清新的味道——茉莉花开了！

“两根枝”真的是复瓣茉莉。白嫩的花瓣层层叠叠簇拥着黄绿色的花蕊，除了用冰清玉洁来形容它，好像也想不出更恰当的词语。花们开得很安静，那清甜的气息是清亮亮的，像雨滴一样；那芬芳是朦胧的，像江南的水雾一样。这一屋子的芬芳唤醒了尚在沉睡的知觉，又轻轻地溢出窗外，织进细雨里去了……

在这样的时候，喝一杯茉莉花茶，真是一件很应景的事。

茉莉花茶属于绿茶的一种，福建福州是世界茉莉花茶发源地，福建的茉莉花茶有“窨得茉莉无上味，列作人间第一香”的美誉。一种说法是，茉莉花茶始于汉代，至今已有1000多年的历史。另一种说法是，茉莉花茶源于宋代士大夫对香草的热衷，通过不断尝试，将茉莉花与茶“混为一谈”，并得到了这种沁人心脾的香茗。这两种说法尽管在时间上有不同，但结果都是使茉莉花和茶变得密不可分了。

据说，清朝的慈禧太后经常将茉莉花茶作为礼品赠送给外国使节。而且，她也很喜欢茉莉花，她认为自己肤如凝脂、肌如皓雪，只有她可簪茉莉花。在慈禧掌权的几十年间，茉莉花一度被认为是“国花”。

相信许多人熟悉带着明显江南民歌调性的《茉莉花》，却不知道它曾经是清朝的“代国歌”。1898年6月9日，李鸿章、许应骙与英国公使窦纳乐在北京正式签订《展拓香港界址专条》。按照国际惯例，签订条约时要演奏两国国歌，李鸿章便让人选了《茉莉花》作为“代国歌”。

“好一朵茉莉花，好一朵茉莉花，满园花开谁也香不过它……”女声用吴侬软语演唱的《茉莉花》，旋律悠扬，一旦深入脑海就挥之不去。江南的女孩特别喜欢茉莉，她们常把茉莉花串成花串挂在衣襟上，让清雅的香气赶走夏日的暑热，给内心带去一丝清爽。氤氲、迷蒙、湿润、甜糯……似乎许多带有江南特质的词语，都可以当作茉莉的标签。来自异国他乡的茉莉居然比江南的花卉更江南，也算是它与江南说不清的缘分吧！

茉莉的花期很短，如何留住它的芳香就成了人们心之所念。在苏州，很多人都会用自己的方式提取花的香露，用来点茶酿酒。著名作家周瘦鹃在《茉莉开时香满枝》中就记有处理茉莉花的方法：“把茉莉花蒸熟，取其液，可以代替蔷薇露。也可用做面脂，泽发润肌，香留不去。吾家常取茉莉花去蒂，浸横泾白酒中，和以细砂白糖，一个月后取饮，清芬沁脾。”

我特别愿意相信，芬芳是花的灵魂，花开正是花儿灵魂绽放的样子。因为偶然而陪伴了茉莉的成长，也因此与这个有趣的生命相遇。有美丽，有芬芳，这样的夏天值得留存。当茉莉花凋谢的时候，捧一杯香茶，或是品尝花的清甜，仍然可以与这种美丽的植物亲近，并走进它的灵魂，那也是一种幸运。

茉莉的夏天

一个风和日丽的暮春日，得闲去了趟西西里岛。近黄昏的金色光线下，巴莱默城街头巷尾的所有咖啡馆，里里外外都坐满了人。客人们大都戴着墨镜，也许这是去西西里约定俗成的装备吧?不知是看了过多相关的电影，还是因为笼罩一切的明丽艳阳。虽看不到被掩映在墨镜后面的眼睛，但人们悠哉悠哉的肢体语言，透露出的是适意的慵懒。

巴莱默的咖啡馆大多与甜品店同体，每处都有自己的招牌甜点。我的向导，是个奔五十的当地人，皮肤黝黑却偏爱白色，几天下来，换来换去的衣服，总逃不出低调的米白色亚麻。他有着西西里人特殊的绅士风度，这种“特殊”中，保护和担当超过了殷勤，拿捏得不好会显得略微强势，但他在这方面显然是个天才。

愿意跟着向导走街串巷的主要原因，除了他善解人意的绅士风度，还有，就是他像份巴莱默城里的最佳甜品单，每天不同时间段之间的空隙，他都会用最合意的甜点来填充。

于是，在这个春风沉醉的黄昏，离晚饭时间还有两小时左右，坐在窄小巷子口咖啡馆的藤椅上，向导建议了这家店一款美名为“茉莉巧克力”的新品。

巧克力缓缓地融在了舌上，如同纠缠在一起的幸福和伤感，很难用语言来描绘它，因为要描述的东西太多，从香气到味道，嗅觉和味蕾的各种反应，触觉和视觉上的愉悦层层叠叠，写少了觉得敷衍，写俗了觉得懈怠。可可豆的浓郁和茉莉的清香，初遇略感突兀，但瞬间后会感到两者和谐无间，巍峨大山上的白云，黯淡水面升起的月牙，密林中的袅袅水雾，茉莉之于可可，恰似香草之于美人，它清雅持久的香味，一路伴去，直到无尽的回味境界。

惊艳之余，认定这应该是西西里的独特美味，西西里——阿拉伯——茉莉花，不容质疑的推理。

“茉莉巧克力”，却是离西西里1100多公里的佛罗伦萨城托斯卡纳大公府的御用甜品！它的创造者，并非御用厨房里的甜品师，而是17世纪大公府的御医、科学家、大公科西莫三世·德·美第奇的良师益友弗朗切斯科·雷迪。

科学家雷迪的主要成就在他创立的“自然发生实验”中，换句话说，就是他坚信“所有的生命都从生命而来”，并以实验为之论证——用生鱼肉来倒腾苍蝇和蛆之类的。但雷迪还是个不折不扣的性情中人，他热衷于托斯卡纳大公与西班牙国王的美食PK，为此专门研发了各种口味的巧克力，其中有的掺了珍贵的沉香、肉蔻，有的混合了地中海南方地区的香橼、蜜蜂草，还有的用丁香、胡椒等来调和可可的味道，但在所有这些奇葩中，最奇特最成功的一款，就是“茉莉巧克力”，据说当时尝过的人，无不惊呼此非人间凡世之味，但对与可可同行的花香却百思不得其解。

雷迪和他的主公科西莫三世，对人们的赞美和惊讶丝毫不觉意外，因为他们早就领略过它的美味，也只有他们知道，“茉莉巧克力”，无论是主要原料还是制作方式，都作为宫廷的最高秘密掌握在自己手中。

托斯卡纳大公茉莉巧克力的制作，竟和中国茉莉花茶的窨制拼和方式有着惊人的相似之处。在炎热漫长的十天中，可可豆和茉莉花相遇，它们相触相拥，既不相交更不相融，但却能把自己最珍贵的精华部分奉献给对方。花必须是夏日花，在黄昏时分采下的半开状花骨朵，在夜间会散发出最浓烈的香味。每 24 小时，当失去生机的花朵开始变得枯萎，必须换一批，每公斤可可豆，每天需用 250 克茉莉来搭配。而这样大量的鲜花，只有在科西莫三世别墅的“桑巴可的炉子”中才能采足。

在佛罗伦萨托斯卡纳公国的历史上，科西莫三世·德·美第奇可谓一位奇特人物，他在位时间从 1670 年至 1723 年，当了 53 年大公，是托斯卡纳大公中掌权时间最长的一位。青年时代，他兴趣广泛、头脑敏锐，在欧洲四处游学，即位后政治上的作为和婚姻生活的起伏挫折，在日薄西山的美第奇王朝困境中的失败表现，等等，都使他的生活异常丰富。

但既然在这里要讲的是茉莉花，科西莫三世的政绩和婚姻纠结就都可忽略不论。

美第奇家族的传统是，对自然及科学、艺术有着浓厚的兴趣，科西莫三世也不例外，他尤其热爱的是植物学和动物学，与跟随了他三十多年的御医，他志同道合的“科研”伙伴弗朗切斯科·雷迪，在这些领域中不惜财力物力，做了很多采集、筛选、改良和收藏的工作，甚至为这些来自遥远国度的奇花异草、珍稀动物，改建或重建别墅行宫，来珍藏和研究这些物种。

位于佛罗伦萨西北部的卡斯特洛别墅园，是美第奇家族的行宫之一，科西莫三世在这座古老的别墅中，专门建造了一个奇异的温室，用来置放他最心仪的桑巴可茉莉花“图斯卡纳大公”，温室被称为“桑巴可的炉子”。这样命名很符合实际，因为在佛罗伦萨严峻的冬天，温室里除了几扇朝南开的大窗子之外，还有一年几个月生火的温暖炉子 —— 来自印度东部温热地区的桑巴可茉莉有个致命的弱点，就是经不住严寒湿冷。

虽然据植物图录，欧洲在16世纪就出现过印度的桑巴可茉莉花，这种复瓣茉莉的花朵尺寸如同小朵的栀子花，米白色的花朵温婉可人，犹如象牙般细腻，且有着类似铃兰的怡人香味，不像当时在欧洲普遍种植的素馨花（又被称为非洲茉莉）那样过于执着。同时，就植物本身来看，可谓亭亭玉立，既能攀爬成树篱，修剪得当也可做欣赏小灌木。最初几棵桑巴可茉莉是由葡萄牙水手从东方带回来的，但仿佛并没有在欧洲大量种植过，也许是它对气候和土壤的要求比较特殊，这就使此花更像一个传奇。

在当时的欧洲宫廷圈中，科西莫三世的名声很响亮，这并非是由于他的特殊政见，而是他对艺术的痴迷和对各种奇异动植物的喜好，他收到的很多国礼常常是珍稀动植物。

他的第一株茉莉是葡萄牙国王的馈赠，这个说法的可信度很高，因为桑巴可茉莉的原产地是印度的果阿地区，从16世纪起沦为葡萄牙殖民地。

美第奇家族最古老的波焦阿卡亚诺别墅中的静物展馆，收藏了许多美第奇家族的档案和相关图录，其中一小幅桑巴可茉莉花的图画背面，有一段文字描写，非常详尽地描述了茉莉到托斯卡纳大公手中的过程，这是迄今最可靠的相关信息。

“印度复瓣茉莉，又称果阿茉莉，首次在佛罗伦萨出现是1688年5月，系葡萄牙国王陛下赠予大公……它的叶片小巧圆钝，与我们认识的茉莉那种尖而长的叶子有别。花朵的尺寸和花瓣的繁密程度，使它与白色的复瓣毛茛有相似之处。”

这段文字，还详尽地记录了1702年8月27日在卡斯特洛别墅中采摘的一朵“巨型”花朵的重量及花瓣惊人的数量（160片）。

“这是一朵迄今为止采摘下的最大的茉莉花，巴洛缪奥·宾比遵命，在这幅小图中从两个角度来描画它。”科西莫三世对桑巴可茉莉情有独钟，故茉莉以“托斯卡纳大公”命名。他在世时三申五令，此花只能在大公府园中种植，严禁流入民间，这种“金屋藏娇”的状态持续了十年之久。但最终，茉莉花还是走出了他的花园。在托斯卡纳地区，有个流传至今的小故事。

大公别墅里的年轻园丁，爱上了附近的农家女。夏日来临，茉莉正盛，为了赢得她的欢心，冒着被严惩的风险，他采了一小束珍稀的洁白花朵，献给了他的爱人。农家女手捧鲜花，沉醉在它的芬芳中。为了不使花朵凋零，她将花束插入了湿润的泥土中。白色的花朵免不了枯黄散落，但葱郁油亮的叶子，却始终保持着美丽的绿色——托斯卡纳大公茉莉，竟然在寻常百姓家生根了!

后来，人们开始用扦插的方式种植茉莉，并从中提炼珍贵的芳香精油。很快，它的种植扩展到了欧洲其他国家的植物爱好者中间。

托斯卡纳地区的气候和土壤，没能给桑巴可茉莉提供最理想的生长环境，逐渐，它在这个地区的种植衰败了。据说，在科西莫三世辞世一百年之后，意大利人不得不从被称为“欧洲花匠”的荷兰人的温室中，重新引进“托斯卡纳大公”花苗。几年前，在卡斯特洛别墅的温室中，恢复了“桑巴可的炉子”的空间，“托斯卡纳大公”就没有再次从佛罗伦萨消失的危机了。

但自古以来就以拥有“高雅味蕾”自誉的意大利人，却没有必要从别处得知“茉莉巧克力”的秘方。近年来，专业人员在整理美第奇家族御医雷迪的笔记时，发现了“茉莉巧克力”的秘方，从成功复制这款美味到惊艳欧洲美食界，只用了一季茉莉花开花落的时间。

花解语

“花们开得很安静，那清甜的气息是清亮亮的，像雨滴一样；那芬芳是朦胧的，像江南的水雾一样。”高蕾《长安女子鬓边的小心思》中的这几句话，写得多好啊！写出了茉莉花气的质感，也写出了她与江南的自然融和。

说到茉莉花和江南，我以为最具标签意义的就是那首吴侬软语的《茉莉花》曲儿。以前看香港长城电影20世纪60年代拍摄的《三笑》，唐伯虎从苏州追随秋香到杭州时，有段唱词：“好一个西泠，好一个洞庭，参罢那个灵隐，转回苏城……”可仔细一听，用的曲调就是“好一朵茉莉花，好一朵茉莉花，满园花开谁也香不过它……”。虽然这里没有唱茉莉花，但感觉杭州、苏州，就仿佛春天江南街上打伞的女子，错身而过的那瞬间，有一种茉莉花香的韵味，能直入心魄，让你魂绕梦牵。

另一个我们日常生活中不可少的茶，北方是不出产的。可是因为水质的不同，任何好茶比如西湖龙井，到了北地人家沏出来，原产地那种沁人心脾的茶香早已变得不可名状。为了南方的别样滋味，北方人爱喝用花卉窨（xūn同“熏”）制的花茶，其中最受欢迎的就是茉莉窨制的花茶。梁实秋是杭州余杭人，住在北京时爱喝茉莉花茶。他买茶时，茶店伙计或许晓得梁先生是江南人，总会在给他的花茶上，再加一把鲜茉莉，等于是二次窨制，叫他特别惬意。他把茉莉花茶与西湖龙井撮在一块儿沏泡，不晓得能是一种怎样的回味？但由此念想到老家水乡的那种诗情画意，当是自然而然的事。

而高粱《茉莉的夏天》一文讲到的西西里“茉莉巧克力”的故事，以及佛罗伦萨“托斯卡纳大公”茉莉的来由，将我们对茉莉的南北共识，又切换成东西交融，打开了一个新世界。尤其是“茉莉巧克力”，那可可豆的浓郁和茉莉的清香，初遇略感突兀，但瞬间后会感到两者和谐无间，真是一种奇遇！有机会到西西里岛，一定要去品味“巍峨大山上的白云，黯淡水面升起的月牙，密林中的袅袅水雾”。可以想见，正是茉莉的清韵，升华出这样的奇境，美妙之极！

姜青青

五色陆离，四季出彩

人对植物的喜好多种多样，栽种植物有的是为了看叶，有的是为了赏花，有的是为了观果。南天竹满足了人们的诸多喜好。李渔曾在《闲情偶寄》中盛赞天竹："以叶胜，以花胜，以果胜，青之绿之，为红为紫，为黄为碧，五色陆离，四季出彩。"他甚至说："观赏天竹，能令人注重仪表容颜的修正。"

南天竹的叶子细细长长的，很清秀。南天竹还有许多别名，如蓝天竹、南烛、天竹、南天竺等。元代的李衎在《竹谱详录》中将南天竹列入了竹谱，并说："此本是南天竺国来，自为南天竺，人讹为蓝田竺。"在这里，李衎犯了个"错误"，他不但把南天竹和竹子当成了一家人，还把它们的出生地也弄错了。

其实，南天竹原产我国南方及东亚。清代的陈淏就在《花镜》中指出，野生的南天竹"吴楚山中甚多"。

在南方城市杭州，南天竹很常见。人行道边低矮的树墙，很可能就是南天竹。南天竹喜欢温暖、湿润的环境，杭州的气候非常适合它们生长。南天竹也耐寒，在杭州阴冷的冬天里，它们也可以活得很自在。

春天到来的时候，南天竹会成片地蹿出新枝，它们欢乐地挥舞着嫩红的枝叶，让人误以为是即将绽放的花苞。走在杭城初春的街道上，因为有了一片嫣红，暗沉的马路也变得生动起来。

南天竹通常5月到7月开花。正是江南梅雨时节，雨没完没了地下，阴沉的天像怨妇的脸，南天竹的小白花却开始在绿色的树丛中闪闪烁烁，花朵米粒大小，一簇簇地拥在一起，细细的花蕊是金色的，像一只只张开的小爪子。花的香气很淡，若有若无，在沉郁的时节带给人小小的安慰。

与花相比，南天竹的果实很是高调，成熟的果实是圆锥形的一大串，红彤彤的，特别耀眼。所以，南天竹又叫红把子、天烛子。

初冬时节，行走在冷风中，人也被寒冷压缩了。转过街角，会有一个小小的花园，几块山石、一丛由绿转红的树叶里会突然跃出一束艳红的果子，令人眼前一亮！作为常绿灌木，南天竹并不畏惧寒冷，它们举着一颗颗圆润光艳的红色果实，一副怡然自得的样子，让人心中陡然生出些许暖意。

古人很早就注意到了南天竹的观赏价值，“在处有之，人家喜栽花圃中”。明代的王世懋在《学圃余疏》中写道：“天竹累累朱实，扶摇绿叶上，雪中视之尤佳，人所栽种之。”在古典园林中，设计师们经常将南天竹与山石搭配，安置在庭院的角落里。小型植株，则用于盆栽。

南天竹的模样奇特，“身世”也不寻常。南朝的梁程詧就在《东天竺赋》的“序”里，记录了一则关于南天竹的神话：

轩辕帝铸鼎南湖，百神受职，东海少君将南天竹献给了轩辕帝。轩辕帝看不懂了，这似竹非竹的植物到底有什么神奇之处呢？原来，水神共工氏和火神祝融氏争斗，共工战败，一头撞折了擎天柱不周山，导致天塌陷，天河之水奔涌而下。人间瞬间变成了地狱，洪水泛滥，大火蔓延，野兽横行，生灵涂炭。女娲不忍生灵受灾，采来五色土，炼出五色石补天，又用神鳖的足撑住四极。为了让世间的生灵们安居乐业，女娲着手改造环境。女娲的“神器”不是观音的杨柳枝，而是南天竹枝。她将南天竹枝轻拂水面，滔天洪水瞬间退去了；她将南天竹枝迎风舞动，狂风立刻变得温柔了……金石水火，世间万物，所有的一切，都任由小小的南天竹指点……东海少君对南天竹的一番解说令轩辕帝吃惊不小。看似平常的南天竹，原来非同一般！于是，轩辕帝下令将天竺“植于蓬湖之圃”……

从这个神话中我们也可以发现，国人种植南天竹可谓历史悠久。南天竹虽然不再有“试以拂水，水为中断；试以御风，风为之息”的神奇效用，但人们依然愿意相信它具有神奇的力量，赋予它许多美好的想象，并把它作为吉祥、美好的化身。

清代画家吴昌硕很喜欢这种植物，他的画作中就多次描画过南天竹。在画作《天竹图》，吴昌硕有题词：“磐石结孤根，翠叶光蕤蕤。错落珊瑚枝，铁网出海底。渭川种千亩，嘉名岂虚拟。岁寒不改色，可以比君子。”

有着离奇“身世”的南天竹，还是“岁朝清供”时的主角。著名作家汪曾祺在《岁朝清供》中说，“水仙、蜡梅、天竹，是取其颜色鲜丽。隆冬风厉，百卉凋残，晴窗坐对，眼目增明，是岁朝乐事”。现在，人们已经不太讲究“清供”了，但年节时很多人还是会去花市中选一盆挂着红果的南天竹搬回家，放在家中，看上去吉祥又喜庆。

虽然南天竹相貌可人，能美化环境，还能净化空气，但它并非人畜无害。唐代诗人李商隐有“饱闻南烛酒，仍及拨醅时”的诗句，希望诗人只是在诗里“发大兴”，没有真的饮用过南天竹泡的酒，因为南天竹的叶、花及果实均含有较强的毒性，喝这种酒，无疑是在冒险。

深冬时节，南天竹红果实在萧瑟中闪亮着，带着极具诱惑性的光泽。鸟儿们飞来了，美美地啄食着。它是甜的？还是苦的？打住吧——你千万别动尝试的念头！这些红果是鸟的美食，人吃了则可能一命呜呼。

南天竹真是一种很有个性的植物，一方面与人和平共处，一方面又不愿意满足人的口腹之欲。这样说来，果实也许是南天竹独特的语言，是对人类发出的警告。

谦谦君子的想象

初夏，闷热的黄昏，夕阳在天边燃起的红云，倒映在平静的江面上，使他亚麻色的垂肩长发散发出黯淡的金光。

坐在摇摆的舢板上，眼看着对岸的景象离他远去，他的心中生出惆怅。因为那里，是被他称为“人间伊甸园”的地方，他只会用字母来写它：Fa Tee，但知道中文的意思是“花的田野”，多么浪漫又现实的说法！每次想到这个名字，生于苏格兰的英国人威廉·克尔，唇边都是现出抑制不住的微笑。

威廉·克尔坐在舢板上顾盼的“人间伊甸园”，就是珠江南岸广东芳村的花地。原来名叫“花埭”后谐音为“花地”的小镇，据史料记载，从宋代开始，当地人就筑堤造田，以养植苗木鲜花为主业。到了明清两代，尤其是清代，这里已经是广东最著名的花木培育养植地，苗圃花店比比皆是。

英国人的目光投向了坐在他斜对面的中国人。至今，他还是叫不准他的名字，有人叫他“阿常”，但也有人叫他“阿苍”，威廉·克尔发不了卷舌音，用后一种叫法来称呼他更容易。阿苍歪着头睡着了，他的双腿弯曲着，在梦中试尝着伸直，但几次都没有成功。阿苍的腿边放着几只灰黑色的陶土花盆，里面的几株植物，被越来越暗的光线勾勒出亭亭玉立的秀美轮廓——威廉委托花地一个苗圃培育的几株南天竹。

这是嘉庆十年（1805）初夏的一个傍晚，威廉·克尔，一个从英国伦敦来广东不满一年的植物学家、全球职业植物采集者，坐在从花地回“夷馆”的舢板上，他那名叫阿苍的同伴，是一名在清政府商行的通事，现在叫翻译。阿苍是个不爱说话的人，这让威廉·克尔感到欣慰，因为他本身就不善言辞，他认为许多事情，藏在心中比说出来更宝贵。比如，他从内心深处坚信自己是这个世界上为数不多的幸运儿之一，他用谦逊甚至谦卑，来表达自己对命运的感恩之情。

出生在苏格兰霍伊克镇的威廉·克尔，是个本地园丁的儿子，随着年龄的增大，他对园艺和植物的兴趣也越来越浓厚，很快，他就觉得霍伊克镇过于窄小。年轻的威廉选择了伦敦，最终在植物学热爱者的圣地——英国皇家植物园，谋到了园丁一职。

与他周围的欧洲植物学领域前辈以及他同时代的许多科班出身的人、一大批被称为“植物学的纨绔子弟”（对当时追随植物园艺时尚贵族的讽刺叫法）相比，威廉只是一个外来的园丁，但他对植物纯真的热爱，他的实际操作能力，尤其是他的聪颖和谦逊，使他得到了约瑟夫·班克斯爵士——英国探险家和博物学家、邱园负责人的赏识和信任，并很快成了他的学生。

长期担任英国皇家学会会长，参与了不列颠王国众多的全球科学探险的约瑟夫·班克斯是一个充满魅力的传奇人物，在英国植物学史上，是个怎么也绕不开的人物。是他建议英王乔治三世，通过把全世界的植物学家收集到的植物收藏到邱园（Royal Botanic Gardens, Kew）。这样，在相对短暂的时间内，皇家植物园内的植物不仅包罗了欧洲本土植物，还有众多从世界各地移植来的植物物种，使邱园变成全球具有领导地位的植物园，成了世界范围内植物学研究交流和植物贸易往来的中心。

1804年，班克斯决定派威廉·克尔去中国寻找、采集尚未被西方世界认识的东方植物，他的对外身份，是东印度公司的职员。

威廉再一次深感自己的幸运。他清楚中国是绝大部分东方植物的原生地，但对于早期的欧洲植物采集者而言，存在着太多的困难，其中最大的障碍，来自康熙二十五年设立的“广东十三行”（这是朝廷既要“严华夷之大防”又欲保障对外贸易发展的产物），以及1757年乾隆实施的“一口通商”政策。清政府将外国人在广东的活动，包括交易、储货和起居，限制在与“十三行”相应而生的“夷馆”中进行。到了乾隆末年，朝廷对此规定的执行开始松动，准许外商每月3次可至与“夷馆”隔江相望的花地等处游览，前提条件就是必须由商馆的翻译陪同前往。而威廉被派往中国时，朝廷的这种松动已持续了好几年，这给他的采集提供了前辈们没有的方便。

去花地已经好几次了，但每次威廉 · 克尔就像个进入神奇玩具铺的孩子，目不暇接，他从未发现自己竟然会有如此强烈的占有欲。那天，闷热的气候和过于亢奋的情绪使他感到头晕气短，他加快速度走到了十字路口的一家铺子门前，希望那里流动的空气能缓解他的不适。

就在这时，他看见了园中那棵挺拔秀丽、参差有致的植物。

首先吸引他的，是它色彩丰富的羽状叶子，饱满的深绿色中，点缀着少许柔和的浅褐、干玫瑰粉、淡绿，除此之外，殷红、明黄和棕色的几片细致的叶子，也同时挂在枝头，似花非花胜于花；修长均匀的枝干，有着细竹般的柔韧质感，但这种不失轻盈的柔韧中，带着沉稳的刚强和自信的风度；最让他惊叹不已的是，那一串串沉甸甸的大红色珠粒般的果实，红得鲜艳欲滴却丝毫不沾俗气。

当威廉接到将来中国的命令时，阅读了大量有关这个神秘国度的资料，其中不乏关于中国儒学的书，经几代天主教传教士们的不懈研究，在欧洲有许多拉丁文的著作和译本。在中国哲学中，最吸引他同时又最让他费解的，就是所谓的“君子”，习惯将感性放在首位的植物学家威廉，总是无法打破他想象中君子与现实世界事物之间的隔膜，那是个崇高、严肃到离芸芸众生太遥远的人格概念！

但那天，在广东花地的小小苗圃中，在一株挺拔华贵、色彩斑澜的南天竹面前，他觉得自己开窍了！也许，君子心灵光辉的发射，正应该是这样，虽不张扬，但有着无法抑制住的丰富内涵和美，也许，是中国的“内敛”概念升华到极致后，自然而然的外在体现。

威廉 · 克尔委托店家为他栽培几株已成灌木状的南天竹。他从来没有放弃过一次去花地的机会，每一次，他都去探望他的“君子们”。他看到浅褐色的嫩叶怎么渐渐变成绿色，同时，明亮的红色果实，被小鸟们噙在嘴里展翅飞向远方；树根周围缤纷的落叶中，新的粉红色新芽怎样坚定有力地破土而出，温文尔雅中有着势不可挡的气度；他看到娇气到矫情的栀子花，怎么依偎在它的身边，因为它茂密的枝叶会为她夏遮骄阳冬挡寒风。

这株一年四季皆如诗如画的植物，着实感动了见多识广的邱园园丁威廉。

从广东港，东印度公司的货船，载着南天竹和其他威廉在广东、澳门和马尼拉等地发现、采集的众多东方植物品种，走进了西方世界。

它们中有杜鹃、菊花、牡丹、瑞香、山石榴、海桐、卷叶百合、日本百合、香石竹、小叶黄杨、金银花、马醉木，还有一种特殊的白色蔷薇——木香花，威廉·克尔以此献给他导师班克斯的妻子——木香花，最初在欧洲被命名为 Lady Banksia。

至于在邱园养植的南天竹，刚度过了他乡的第一个冬天，就被先前过于谨慎的英国人移出了温室，得以展示出它优雅而坚韧的特性和所有的华彩。

它的拉丁文学名 Nandina domestica 由在欧洲被誉为“南非和日本植物之父”的瑞典博物学家卡尔·彼得·通贝里命名，部分沿用了中文发音，但许多西方人喜欢称之为“圣竹”。

威廉·克尔在中国待了八年，这之后，被老师约瑟夫·班克斯派去斯里兰卡筹办大型植物园，但不久便病死异乡。

威廉一生发现并引入欧洲近百种植物新品种，也许南天竹能够列入他最心仪的植物中吧。用他名字命名的只有棣棠花，柔软的枝条，纤小精致的花朵，但有一种触目惊心的艳丽浓黄色，在日本被称为山吹黄。

花解语

在园艺家周瘦鹃的《花木丛中》看到，他家有一蜡梅盆景，小石峰后的两株蜡梅开着疏疏落落的黄花，甚感有些寂寞和单调。于是他去园子里剪了一支天竺，插在两株蜡梅之间，鲜红的果子和嫩绿叶子，一下就把鹅黄色的花朵衬托出来，顿觉灿烂夺目。可见，南天竹有衬映、烘托“主题”的妙用，却不以“主角”自诩。

高蕾的《五色陆离，四季出彩》一文写出了南天竹的普通和常见，以及它多半身处庭园角落的那种“低调”，只有在文人雅舍的“岁朝清供”中，才为这个缺少鲜花的季节显身露脸，权当补个台吧。高梁的《谦谦君子的想象》写了一个精彩生动的故事：19世纪初，英国人威廉·克尔在中国广东花地寻找、采集东方花卉，他在百花丛中一眼对上了南天竹，被它“温文尔雅中有着势不可挡”的气度所折服，进而对中国哲学中最常见的“君子”概念开了窍——君子心灵光辉的发射，正应该是这样，虽不张扬，但有着无法抑制住的丰富内涵和美，是“内敛”概念升华到极致后，自然而然的外在体现。

南天竹确有这样一种谦谦君子的禀赋吗？走在自家小区里，忽然也发现了很多南天竹的身影。循着“君子”的标杆望去，它们果真都在并不起眼的地方，决无八卦明星抢镜的那种“张狂”。可再仔细一想，这些南天竹处身很有讲究，它们丰富树种、添加色彩、柔化观感，甚至直接充当僻远处一段围栏前的绿篱，各显身手、不辱“使命”。“君子”不张扬、不显摆，却在人们最需要他的时候，应声而出。百花凋零的寒冬时节，南天竹于无声处时不时闪现红珊瑚一般亮红的果子，叫人喜出望外！

人事万物，若是而非“君子”耶？

姜青青

朝来榴花满地红

山东有一个著名的古城，它形成于汉，发展于元，繁荣于明清。清初，这里“商贾迤逦，入夜，一河渔火，歌声十里，夜不罢市”，被称为“天下第一庄”。

1938年4月8日，持续将近一个月的战火使古城化为废墟。这座著名的古城就是抗战名城，被世人誉为“中华民族扬威不屈之地”的台儿庄。

炮火连天，尸横遍野，血流成河……这是一场抗击日本侵略者的战役——“台儿庄战役”。

时任27师师长的黄樵松写下了悲壮激昂的《榴花》：

昨夜梦中炮声隆，
朝来榴花满地红；
英雄效命咫尺外，
榴花原是血染成。

敢死队的战士高声朗诵着这首绝命诗，手持大刀冲向日军阵地，与日军展开肉搏……在一个月的战斗，29 万名保家卫国的战士投身其中，5 万余人为国捐躯，毙伤日军 2 万余人。

4 月，石榴花开得正盛。连天的炮火把郁郁葱葱的石榴树摧毁了，浸满鲜血的泥土成了勇士们的长眠之地。滴血的石榴花洒在大地上，红色的花瓣像喷涌而出的一团团烈火……

从此以后，台儿庄的石榴花总是开得与别处不同。一年又一年，用烈士鲜血浇灌的花朵像红霞般艳丽，带着和平的喜悦，告慰逝去的英灵。石榴花成了台儿庄的英雄花。

台儿庄与石榴的渊源可谓久远。据光绪年间修订的《峄县县志》记载，西汉成帝年间丞相匡衡把石榴从皇家禁苑中引至家乡峄地。以后逐渐扩大，至明代成园。

石榴原产伊朗、阿富汗等地，公元前 2 世纪时传入中国。

石榴传入中国的说法有很多，其中一个和张骞出使西域有关。公元前 119 年，张骞来到了安石国。安石国正遇大旱，已经很久没有下雨，土地干涸，庄稼一片焦黄。御花园中的花草都因缺水枯死了，园丁守着一株珍贵的石榴树长吁短叹。“再这么下去，这棵国王最宝贝的树也活不下去了！”张骞看到这一情景，便找了几位大臣商量：“为何不修渠引水？”“修渠引水？”大臣们都没听说过。于是，张骞便向他们传授汉朝兴修水利的经验。很快，水利工程不但救活了一批庄稼，也救活了这棵石榴树。张骞要回国了，安石国王亲自赶来送行。为了感谢张骞，国王特意拿了许多金银珠宝。张骞什么都没要，却向国王提出要一些石榴种子，作为纪念。晋张华在《博物志》上有载：“汉张骞出使西域，得涂林安石国榴种以归，故名安石榴。”李时珍也说，“榴者，瘤也，丹实垂垂如赘瘤也”。这是石榴最早被称为“安石榴”的来历。因为花色红艳，类似若木（扶桑），因此也称为丹若、若榴。

石榴跟随张骞从丝绸之路一路走来，来到了中国。据汉上林令虞渊追忆，上林苑其时栽植奇花异卉达3000株，内有“安石榴十株”。因得到汉武帝的喜爱，后又命人将石榴栽植于骊山温泉宫。

晋代潘尼在《安石榴赋（并序）》中写道：“安石榴者，天下之奇树，九州之名果。”石榴花红艳似火，石榴籽甜蜜多实，让国人对它充满好感，把它作为吉祥果。人们对石榴有着特殊的情感，也因此衍生出了一些与之有关的民情、风俗。

石榴在古代便已有几十个品种，唐宋两代则是石榴栽培的全盛期。

在唐代，女孩子有把红石榴花插于云鬓作为装饰的习俗，唐代诗人杜牧在《山石榴》中做了描述：“似火山榴映小山，繁中能薄艳中闲。一朵佳人玉钗上，只疑烧却翠云鬟。”

在唐代的婚礼上，除了有嫁妆，还流行赠送石榴。想不到吧，那时婚礼上新人不交换钻戒，他们欢欢喜喜地举行仪式，互赠象征吉祥幸福的石榴！

据说，当时女子最时髦的服装是石榴裙，无论富贵贫贱，都热衷这种如石榴般艳红的裙装。据说，某日时尚教母杨贵妃穿着满是皱褶、雍容华美的石榴裙为皇上舞蹈，却又不想让群臣抬头观望，于是皇上便下令让群臣叩首跪拜。群臣敢怒不敢言，只有纷纷“拜倒石榴裙下”。后来，人们形容男子被女人的美丽所征服，就称其“拜倒在石榴裙下”。

因石榴多籽，宋代开始出现了“石榴生殖崇拜”。祝福谁家人丁兴旺，送几个石榴就对了！走在大宋的街头，假如看见有个人守着一面旗子、一张小桌，边上还放着一筐石榴，你不要当他是卖石榴的，他很可能是个算卦的。遇到科考，算卦的生意最好，要摆几筐石榴应付业务。据说，算命先生能根据石榴果裂开时内部的种子数量算出考生是不是金榜题名！其实，石榴籽的数量上下浮动很大，种子的数量从 200 到 1400 个都有，能有什么样的结果还真不好说。不过，当时的人还是相信石榴能主宰自己的命运，“榴实登科”一词，就是这么来的。

南宋时祝穆编撰的《方舆胜览》中记载了一则与石榴相关的故事：福建省东山县有个榴花洞，唐代永泰中期，有个叫蓝超的樵夫一天在闽县东山中追逐一只白鹿，来到一个满是榴花的洞前。他渡水进入石门，走过一段狭窄不平的路段后，眼前豁然开朗，里边绿树成荫、鸟语花香、鸡犬人家……他以为来到了人间仙境。蓝超走着走着，迎面来了一个老翁，他便上前寻问。老翁告诉他：“我们在这里是为了躲避秦人。你也要来这里吗？”兰超想了想，说：“我要回去与亲人告别后才能来。”于是那人就送了他一枝榴花。蓝超一路回来，一直觉得自己好像做了一场梦。他回家安置好家人再次寻找榴花洞，却无论如何也找不到了，只有老翁送他的榴花经年不衰。这个故事和《桃花源记》很相似，都是曾经发现美好，却又擦肩而过再也无法遇见。

如今，榴花洞虽然已不知所踪，“冠世榴园”却留住了石榴的美好。离台儿庄不远的“冠世榴园”也是中国最早培育石榴的摇篮。这座始建于西汉成帝年间的园林，距今已有2000年的历史，已经被上海大世界吉尼斯总部认证为“吉尼斯之最”。在15万亩石榴园中，植有石榴树530余万棵，48个品种。每年四五月间，榴花盛开的时候，红花满枝，如天上的云锦落满人间。台儿庄的石榴花见证了世间的繁荣、美好和红红火火的好日子，也见证了真真实实的桃花源。

连接幽暗与明媚

那是一个阳光明媚的中午，初春的太阳褪尽了早晨清冷的雾气，此刻的光线暖和温热，给林子里正在勃发的一切增添了能量。阵阵清脆的笑声夹杂着间歇的鸟鸣，在高树和卷曲着新芽的茂密蕨草中穿梭回荡。

动听的声音，像是唤醒了林中的什么神秘力量，一片枝繁叶茂绿得发乌的蕨草后面，突然出现了一个小沼泽，它如同庞大的叶子，从树上沉落下来，没有涟漪没有气息，静置在那里，像是在等候着什么。

没多久，沼泽在等候的东西就出现了。在它最阴处，也是草皮最松软最滋润的地方，慢慢地，冒出了一棵茁壮的水仙，仿佛在同一时间内生成的细长肥厚的叶子和迎风招展的婀娜白花，瞬间，成了风景中的主角。

这株水仙的花香超常，浓烈而悠长，盖过林间所有正在蓬勃生长的生物的气息，直截了当地钻入了一个女孩的鼻中。她就是和女伴们踏春不知归途的年轻女神珀耳塞福涅。称她是女神一点不夸张，首先，她的父亲是众神之王宙斯，她的母亲是大地丰产女神德墨忒尔；其次，她的美貌和聪慧让她在天上人间都是出类拔萃者。

珀耳塞福涅跳跃着来到了水仙花前，迎面扑来的花香让她稍感眩晕，她一手拉住袍角，弯下腰去想采那朵招摇着的水仙。就在这时，水仙的根部，出现了一道裂缝，并急速扩大，顷刻，一匹毛色如黑夜的骏马从裂缝里跃了出来，紧接着，又跳出来了三匹，它们的后面，是一辆黑色战车。她还来不及喊出声，驾车者就出现在了她的面前，他身材高大魁梧，面目端正，要不是因为眉宇间那种让人不寒而栗的阴森气场，用英俊潇洒来形容他丝毫不过分，且还有君临一切的王者风度。

他的突然出现使珀耳塞福涅花容失色，她想立刻逃跑但双腿就像被他的目光钉在了地上一般，在他的注视下，她唯一能做到的，就是瑟瑟发抖。

他是冥王哈迪斯，宙斯的兄长，掌管着与人间平行的那个世界，是黑暗和彼岸的主宰。当他的目光第一回落到年轻的珀耳塞福涅身上时，就决定她将是自己的王后，他愿意将冥界的半壁江山无条件地奉献给她，因为她将是冥界的唯一光明，是他最珍贵的希望之花。

但年轻的珀耳塞福涅热爱的是人间景象，面对驾着漆黑如夜的骏马和战车的冥王，她的抗拒是必然的。冥王无视她的反抗，强壮的手臂环住了她的腰肢，珀耳塞福涅瞬间被地缝吞噬了，她的手指间，还散发着那朵奇异水仙花的余香。

被掳入冥府的珀耳塞福涅度日如年，不停歇地呼唤着、祈求着她的母亲。女儿的突然失踪，使大地丰产女神德墨忒尔陷入了癫狂状态，她不再施行自己的职责，不顾一切地寻找女儿，任凭大地上不再有四季，不再有播种和收获，一切都归于荒芜。

宙斯对此甚是担心，虽然他早已得知女儿是被自己的兄长抢入冥府，但他宁愿失去女儿也不愿得罪兄长。但随着德墨忒尔的全线崩溃，他不得不设法说服兄长归还珀耳塞福涅，让大地重新呈现万物生长繁荣的景象。

这个时间段，经过也许太多的铺垫，本文的主角——石榴，才粉墨登场。

冥王在宙斯派去领回珀耳塞福涅的使者到来之前，软硬兼施地让她吃这枚奇异的果实。在冥府每天以泪洗面的女神珀耳塞福涅，对冥王哈迪斯的所有行为都有本能上的抵制。

红黄相间的石榴熟得恰到好处，露出几排晶莹剔透的石榴籽，在冥府的幽暗灯光下，如同闪光的宝石。珀耳塞福涅摇了摇头，但强势的冥王丝毫没有放弃的表示，石榴被攥在他的大手里，再次推到了她的面前。

珀耳塞福涅拿起了它，缓慢地剥开了石榴皮，在排列整齐的石榴籽中选了一粒吃了下去，似曾相识的甘甜和清香使她顿时热泪盈眶，但她却没有能马上找到引起这种伤感的源头。她接着吃了几粒，当吃下第六粒的时候，珀耳塞福涅的记忆像潮水打在岩石溅起的水花，击中了她。石榴的味道和气息，是她童年时代与母亲在一起的快乐记忆。

珀耳塞福涅坚定地放下了石榴，她抑郁的心接近窒息，就连一粒小小的石榴籽也承受不了。

这时，她并不知道她是幸运的，因为她吃下六粒石榴籽，意味着她一年只需要在冥府待六个月，而其他六个月，则可以回到明媚的人间。

古希腊人用这个故事，来解释四季交替，珀耳塞福涅在人间的六个月，即春夏两季，大地女神有女儿的陪伴，心中充满喜悦，故河流欢唱万物生长，而当秋冬来临，随着珀耳塞福涅的离去，母亲慈爱之心再次陷入消沉，于是一切就趋向萧杀枯竭。

为此，仿佛那些冥间的石榴籽起过决定性的作用。于是，有人会觉得古希腊对石榴寓意的定位，与世界上其他民族的差距较大。其实，在这个传说中，石榴的含义已经超越了它本身的简单含义，它代表了生死两界之间的契约和通道，因为它当时出自冥王之手，这就成了石榴果实同时包含生与死的意义。

石榴树在诸多东西方古老文明中，都是复苏、繁荣、昌盛和喜庆的象征。它像是大自然的奇迹，可以在最贫瘠的土地上发芽、生根、开花、结果，在尚带着凌厉寒意的春风中苏醒，那暗红色的新芽倔强地钻出坚硬粗糙的表皮，很快，绿油油的纤秀叶子就会覆盖所有的枝条，四五月，鲜红、橙黄的石榴花，略带矜持地端坐在绿叶中，等待蜂蝶们的到来。石榴树最丰硕的时刻，是寒冷秋露降临之时，斑斓的红黄绿色晕染了石榴的果皮，最后，当它们真正成熟，沉甸甸的丰硕果实压弯无叶的枝条时，明朗的微笑，就印在了它们的脸上，露出宝石般甘甜多汁的鲜红石榴籽。

在西方，石榴是寓意最丰富的果实之一，除了上述的希腊神话传说之外，它被认为是圣地最珍贵的七种物产之一，是牢固忠贞爱情的象征，鉴于石榴籽之间的排列状态，也被解读为团结的象征。从中世纪开始，石榴，尤其是石榴果实，开始作为宗教艺术家们追捧的题材之一，用鲜红丰硕的石榴籽来表达童贞和复活。到了文艺复兴时期，石榴也是达·芬奇、波提切利、卡罗·克里韦利等画家钟爱的主题，被它古老而又神秘的寓意——生命与死亡共存所吸引。

也许，西方艺术史上最著名的石榴，就是留在《皇帝马克西米利安一世肖像》中的那枚了。德国画家阿尔弗雷德·丢勒 1519 年为神圣罗马帝国皇帝马克西米利安一世创作的这幅油画肖像画中，皇帝唯一的道具，就是手中捧着的露出籽的石榴，这就让人情不自禁地思考它的含义。说白了很简单，石榴在这位胸怀大志的皇帝手中，象征的是他胸中的世界，被石榴果皮包住的无数石榴籽，象征着周边大小势力必然被唯一的统治者控制，而手握石榴的他，自然就是这个统治者。

发生在 1797 年 9 月 4 日法国巴黎的“果月政变”，是督政府成员从日益强大的保皇党人手中夺取政权组织的一场政变。是法国共和历的第十二个月“果实月”（8月18日至9月16日），日历牌上，一个体态丰腴的少女右手捧着装满初秋果实的盘子，而左手拿着的就是一枚裂了口的石榴，从中可见寓意古老深远的石榴的特殊重要地位。

在很多人的眼中，石榴是种太普通的树，无论是叶还是花，在植物大千世界中并不是最养眼的，而酸酸甜甜的石榴果实，给人带来的愉悦也是较短暂的，有时还掺着微微的苦涩。但若是能朝夕与一棵石榴树相伴，追随它冬日的酝酿、春日的苏醒、夏日的繁茂、秋日的丰盈，也许能理解古人将大自然最神秘的力量赋予它，用石榴树的木头，能找到地下的宝藏和水源—— 人类繁荣昌盛的基础。

花解语

石榴，花艳、籽多、果甜、汁红，象征着生死之间的转换，有复活、繁荣、喜庆、童贞、团结等寓意。浙江传统民居里的花窗，大都雕有“福、禄、寿、喜”的图案。其中的“喜”，就是由石榴来担当的。

多籽，生命的繁衍。生儿添丁、养儿防老。在漫长的农业社会里，“早生贵子、多子多福”已成为浸入民族血液的潜意识。不仅家庭是这样，民族也是如此。正是由于汉民族人丁兴旺，几次少数民族入主中原，都被汉民族稀释和同化于巨量人口的汪洋大海里。

血色，命运的劫数。迫于人口几何级数增长带来的生存就业的压力，20世纪70年代我国开始推行计划生育，要求“晚、稀、少”生；20世纪80年代，为实现到2000年人均GDP翻两番的目标，更是出台了全世界最严厉的独生子女政策。

生死，民族的危亡。我父母辈尚有六七个兄弟姐妹，到我辈已经大幅下降至兄妹两个。

通过国家的强力管控，再到我孩子辈就成了独生子女。不过一代人的时间，我国就把生育率降低到自然更替水平以下。这种人为干预的倒金字塔型的人口年龄结构已让许多城市早早地迈入老年社会，国家面临着“未富先老”的严峻挑战。

复活，生育的图腾。今天，我们再来看石榴，它就不单是传统吉祥果而已，而是担负重大历史使命的神圣果。因为生育问题已经关系到民族的安危与兴旺。或许有一天，将会“满城尽挂石榴花”。

汤海孺

你送妈妈什么花

每逢母亲节，康乃馨的需求量大增，价格也会因此上涨不少。这一天，康乃馨成了主角，花店里五彩斑斓的康乃馨在这天大放异彩，其他所有的花全都成了配角。

“送花给妈妈吗？”周围的朋友会不约而同地奔向花店，或是从网上购花，好像不在这一天买束康乃馨送妈妈，就不足以证明自己对妈妈的爱。

“收到花了吗？”妈妈收到康乃馨时，快乐溢于言表，恨不得让全世界都知道自己是个被“宠爱”的妈妈。

据说，母亲节的传统源于古希腊，是为了向众神之母瑞亚致敬，这和后来母亲节的意义有所不同。康乃馨的学名是香石竹，在希腊文和拉丁文里含有“神”和“花”的意思。康乃馨原产于地中海沿岸，古希腊人对它更加熟悉，为其命名的也不是一般人，是柏拉图（就是那个讲精神恋爱的人）和亚里士多德的学生——古希腊博物学家泰奥弗拉斯托斯。

作为一种观赏花卉，香石竹直到清代才进入中国。这种花有着淡淡的香气，花朵色彩丰富，花茎挺拔。最有趣的是它细碎的锯齿状花瓣，像卷笔刀刨下的笔屑那样层层叠叠，紧紧拥在一起，几乎不分彼此。记得小时手工课，就有老师教大家用彩笔的笔屑粘成一朵朵康乃馨花，制成卡片，作为母亲节的礼物。

在我国也有与香石竹同类的品种——石竹。石竹花又称洛阳花、石柱花，是石竹科石竹属的多年生草本植物，也是我国的传统名花之一。

石竹花虽然外形不似康乃馨那样华丽，但它在国内的花卉中却占有相当地位。四五月间，当春天走入山林，在一片新绿之中，你会发现这些春天的“追随者”，一簇簇聚在那里，紫的、粉的、白的花朵在叶子织成的网里寻找着明亮的光线，专心致志地聆听着春天的曲调。它们修长的叶片有的已经展开来，有的正微微蜷曲着，好似树上鸟儿鸣唱时跌落的音符。

这些野生的石竹都是单瓣的，虽然只有5片花瓣，但丝毫不影响它们的美丽。这些像繁星一样的花朵，开得那么及时，恰到好处地消解了春天山野的单调和无趣。

宋代大诗人王安石就曾经在自己的诗作中描写过春天幽谷中悄然绽放的石竹花：“春归幽谷始成丛，地面芬敷浅浅红。车马不临谁见赏，可怜亦解度春风。”他在赞叹幽谷中的石竹花的同时，也表露了自己的心境：虽有满腹才华，怎奈身居幽谷，“车马不临谁见赏”，只能独自寂寞。

石竹是一种历史悠久的园林花卉，无论在南方还是在北方，经常可以在花坛、公园或路边的绿化带中发现它们的身影。这是一种多年生草本植物，花茎有竹子似的节结和修长的叶片。

在我国古代，人们常把石竹花和金钱花一起栽种在庭院中作为景观花卉。石竹花和金钱花从外观和花色上有很大的不同，石竹花型朴素，盛开时美若织锦；金钱花状如铜钱，色泽金黄，盛开时亮丽夺目。两种花次递开放，形成互补，可谓相得益彰。

如今，南方人工种植的石竹几乎可以四季开花，是最为常见的园林花卉。4月间，经常可以看到花匠们在路边忙碌，将石竹花分株种植。那些刚种下的花丛看上去很潦草，让人担心它们是不是能活得长久。花匠们很有信心，说石竹很容易成活，它们一点也不矫情，播种后差不多一周就可以发芽，用嫩枝扦插也极易成活。只要有土有水有阳光，它们就会开花。果然，没多久，石竹就把路边的花坛占满了，且开出成片成片的花朵。每朵花都将小小的锯齿形花瓣奋力伸展着，将暗沉的路边花坛变成了一条彩色的花毯。

中国石竹是多年生草本植物。与从西方引进的香石竹不同，它有较强的耐寒能力。只是，石竹很难抵抗南方夏天的酷暑，烈日当头，它们很容易变成一蓬枯草。但在进入气候条件温和的9、10月间，石竹就会满血复活，再次开出美丽的花朵。

在中国的古诗词中，赞美石竹的确实不少，且不乏名家之作。为什么人们会欣赏这种貌不惊人的小花呢？或许，我们可以从唐代司空曙在《云阳寺石竹花》中找到答案：“一自幽山别，相逢此寺中。高低俱出叶，深浅不分丛。野蝶难争白，庭榴暗让红。谁怜芳最久，春露到秋风。”虽看上去纤细柔弱，却不自甘平凡，“野蝶难争白，庭榴暗让红”，从春露到秋风，小小的石竹花，几乎可以笑看四季风景，这样长久的生命力，确实令人赞佩。

平凡的石竹花，不但在唐朝大家的诗作中盛开，还是当时女子服装的流行图案。李白的《宫中行乐词八首》是唐玄宗让李白写的“命题作文”，“山花插宝髻，石竹绣罗衣”，描写的就是宫中女子的打扮：头上插着山花，身上穿着绣有石竹花的衣服。

那么，宫墙之外又是怎样的情景呢？诗人陆龟蒙在大唐街头行走，同样发现了女孩们的时尚喜好，于是他在《石竹花咏》写道：“曾看南朝画国娃，古萝衣上碎明霞。而今莫共金钱斗，买却春风是此花。”看见没有，美女在大唐街头行走，丝绸服装上要是没有像霞光一样艳丽的石竹花，那还能算是美女吗？而且，在衣服上绣石竹花的习俗一直延续到了宋代，号称“梅妻鹤子”的林和靖在诗作《山舍小轩有石竹二丛哄然秀发因成二章》中，也有“麝香眠后露檀匀，绣在罗衣色未真”的诗句。正是：小小石竹花，欢乐几代人。

人们喜欢石竹的平凡、质朴，也喜欢它的柔韧、顽强，它让人们看到从简单的生命中爆发出的热情和美丽。石竹的花语为纯洁的爱、才能、大胆、女性美。这个大家庭有300个种，康乃馨只是其中的一个成员。当自带“神气”的康乃馨与质朴的洛阳花相遇的时候，人们不约而同地把它们交给了真正的“女神”——母亲，因为只有母亲的怀抱，才是它们最好的安身之处。

神之花

现在常常用于花坛边缘装饰或公园绿植背景色块的康乃馨，常被人忽略。但在古代，它却是一种有着非凡地位的花，它的名字，是由两个希腊语单词合成的：“神”和“花”，那时，康乃馨被称为“神之花”。

公元前4世纪，古希腊有位被后人称为“植物学之父”的哲学家、科学家，大名鼎鼎的柏拉图和亚里士多德的学生，名叫泰奥弗拉斯托斯，除了在哲学领域的卓越见地之外，他在植物学方面也有很深的造诣。他的著作《植物志》《植物之生成》，收集了大量欧洲大陆植物甚至很多亚洲植物的信息，命名了480种植物，其中就包括康乃馨——“神之花”。

究竟是什么原因让这小巧秀丽的花朵，赢得了如此高贵的名字，史书上没有详细的记载，但民间传奇故事中，它与奥林匹克山上诸神中最重要的女神之一，仿佛有着扯不清的关系。

女神阿耳忒弥斯，后来在罗马神话中被称为狄安娜，是太阳神阿波罗的孪生妹妹，是由哥哥出生后亲手牵出娘胎的，由于她手中持的闪亮的弓箭和眉心的半轮月亮，被父亲万神之首宙斯封为月亮和狩猎女神。与哥哥一起，一文一武、一阴一阳，簇拥着父亲，主宰着欧洲古典时代的乾坤。

狄安娜虽貌美如花，但性情略显冷漠，女神嘛，高傲任性是应该的，普天下的美人数不过来，但女神能有几个?

狄安娜喜欢在月光下的田野和森林中漫步，习惯在僻静的溪畔和溶洞中歇息，她在风中飘曳的银灰色衣袍，宛若月亮洒下的光辉般皎洁,但她的高傲和矜持,让她也像天上的月亮般高不可攀。

有一天，在清亮的溪水边，年轻的牧羊人正在掬水解渴，他的羊群如同大小云朵，散布在他身后如诗如画的草场上。就在这个绿草如茵的小溪边，他看见了狄安娜，从此便告别了他无忧无虑的少年时代，脑袋空白、一脚踏空的感觉，使他深深地陷入了情网之中。

少年牧羊人的腼腆和纯情，使女神感到安全、放松，他们时常在溪边相会，她倚坐在树干上，弓箭不由从她的手中落下，她的眼中会现出柔柔的波光，就像夜间弥漫着溪流的迷离水汽；牧羊少年吹起短笛，悠长的笛声伴着溪水的潺湲，直往天上的月亮升去。

牧羊少年用单薄的笛声编织起来的情网，显然没能把女神罩住，她很快厌烦了这一切，因为笛声总是大同小异，少年的爱带着诚惶诚恐的痴情。她于是决定抽身而去，理由是她立下过“永为处子”的誓言，一生不会与任何人或神有感情方面的牵扯，她爱自由胜过一切。

牧羊少年没有试图说服她，在骄傲清高的女神面前，他唯一能够做的事情只是臣服。但纯情少年脆弱的心被狄安娜击碎了，他倒在了溪水边，忘了他的家人、他的村庄和云朵般的羊群，他企图用自己的相思泪来唤回他的女神。

据说牧羊少年洒干泪水之后，就死在了溪边。不久，在吸干他泪水的那片潮湿的土地上，星星点点地长出了一些白色的小花，轻盈典雅的花朵显得谦逊、知性，甚至有点腼腆，像极了少年的微笑。

从中世纪开始，康乃馨成了宗教中具有重要含义的花朵，血红的康乃馨，是母亲眼中的泪水幻化而成。

这种象征意义，在欧洲的很多画作里都有体现。达·芬奇有幅著名的油画，《圣母和康乃馨》，画面上的圣母丰满华贵，神情虽恬静安详，但还是脱不掉她惯有的淡淡的忧郁。她手持着一朵鲜红的康乃馨，眼睑下垂，将注意力完全放在了这朵鲜花上。

在北非，康乃馨的用处主要不是在精神层面上的，人们把清香的花朵浸在酒里，使酒精更令人愉悦。这种方式被好酒的古罗马人从非洲殖民地学到了，他们在酒中掺入大量的康乃馨和蜂蜜，使酒散发着令人沉迷的香料的味道。

甚至有传说，在1270年路易九世对突尼斯发动的征服战中，因受黑死病的感染，法军方面死亡士兵无数，幸亏后来在军中很多人饮用了康乃馨浸泡的药酒，大大减少了损失。这样，法国人对康乃馨就不免“情有独钟”，被孔代亲王的士兵们当作荣誉标志佩戴；拿破仑在决定荣誉军团勋章的缎带时，在众多的花卉中选了红色的康乃馨。

后来，红色康乃馨就成了法国大革命的标志，许多被送上断头台的法国贵族，在他们上装的扣眼里，都会被插上一朵红色的康乃馨，这样说起来，貌似康乃馨是属于革命者的花朵，法国皇室也非常欣赏它，只是他们喜爱的康乃馨，是洁白的。

从19世纪下半叶，险些颠覆法国第三共和国的乔治·厄内·让·玛丽·布朗热将军的追随者们，都习惯佩戴一朵红色的康乃馨，以作为自己政治倾向的标志。直到今天，许多欧洲国家社会党都以此作为党派的标识。

在民间，虽然有关它的传说都不免忧伤，但忧伤是和爱的激情紧密联系在一起的，逐渐地，康乃馨的浪漫情调超越了它的忧伤含义，牧羊少年的眼泪所孕育的花朵，被人们当成了表达真挚感情的信物。在佛兰芒地区的许多肖像画上，无论男女，都常常手拈一朵康乃馨，因为它是某种爱情的誓言或表白。北欧国家有些地方的传统婚礼，新娘在着装时，要藏上一朵康乃馨，新婚之夜，新郎必须找到它，否则他们以后的生活很可能会缺乏情趣。这种新婚燕尔时的游戏，足以表现它在人间烟火中的地位。

这朵小而精致的花朵，也曾在葡萄牙现代史上留下了它的颜色和芳香。1974年4月25日的“康乃馨革命”，是一场由认同放弃海外殖民地、促进国家民主化的“武装部队运动”发起的政变，革命终止了42年的右翼独裁政权，这场非暴力的军事政变，在葡萄牙历史上也被称为“花团锦簇的革命”，因为每个士兵的枪筒里，都插着一朵红色或白色的康乃馨。

那天一大早，一位叫塞莱斯特的姑娘，提前来到了她工作的餐馆，这是一个特殊的日子，因为餐馆要庆祝开业一周年。街头出现的异常骚动并没有引起她过多的注意，当她到达餐馆之后，老板已经得知了政变的消息，决定关门歇业一天。老板让塞莱斯特和几个姑娘拿走了那天特意为客人们准备的康乃馨——与其让它们在仓房里萎靡干枯，还不如送给爱花的女孩。

怀抱大捧鲜花的塞莱斯特走上了此刻已满是军人的大街，有着左派倾向的年轻姑娘心情异常激动，她直奔里斯本中心的西亚多广场，想融入令人振奋的革命场景中。

广场上人山人海，塞莱斯特站到了一辆装甲车旁边，这时，一名怀抱步枪的士兵拦住了她，问她可不可以给他一支烟。

塞莱斯特回答她不抽烟，看着士兵略显疲惫的面孔，她感到一丝歉意，灵机一动，从怀里的花束中抽出一枝鲜红的康乃馨，递给了士兵。他先是一愣，随后露出了像绽放的鲜花般的笑容，将花枝插进了枪管。

塞莱斯特走近每个持枪的士兵，很快就分完了怀里的那一大捧康乃馨。过了没多久，里斯本大小鲜花铺子里的康乃馨全部售罄，而街头士兵的枪管里则开满了鲜花。

从那个日子起，“神之花”，又成了“葡萄牙之花”，一年的任何一天，在里斯本都不会找不到康乃馨。

如同大自然所有色彩缤纷、历史悠久、传说动人的花朵，人们不免给各色康乃馨也匹配了精彩的花语：

白色象征着永恒的忠诚，取自牧羊少年对女神那纯真质朴的爱情；黄色象征优柔寡断和不确定，要是对你单相思的人给你送一束这样的花，那他的心迹是再明了不过了；粉红色表达的是情谊和温柔；带斑点的表达的是热情或慈爱；绿色是同性爱情的标识，源于1894年发表的罗伯特·希钦斯的同名小说；红色表达的是充满激情的爱，无论对人还是对事物。

有不少人会觉得花语免不了矫情，那么，就送上一束五颜六色的康乃馨吧，它的色彩，不正是人们丰富情感的代言吗？

花解语

石竹是一个大家庭。其中，香石竹在西方名叫康乃馨。传说它由泪水滋润而成，被称为“神之花”。它质朴、坚贞、柔韧、顽强，象征了女人从平凡走向伟大的一生，我称它为“女人花”。

少时，“女人花”风中摇曳、天真烂漫。它无拘无束地生长在山间地头，花样繁多、花姿百态。正是生活中的泪水，滋养着它慢慢成长。

长大后，“女人花”风姿绰约、楚楚动人。在西方，因为牧羊少年的相思泪,康乃馨成为男女青年表达爱情的信物。而在东方,伟人毛泽东的“斑竹一枝千滴泪，红霞万朵百重衣”，写尽了他对杨开慧的思念。而李商隐的“春蚕到死丝方尽，蜡炬成灰泪始干”，更是把相思泪给写绝了。

后来，“女人花”成家立业、相夫教子。这是女人最操劳的阶段。康乃馨的品格及药用价值隐喻了母亲的重要作用。在东方，不仅有“慈母手中线，游子身上衣”，更有“孟母三迁”“岳母刺字”。是母亲的担当，撑起了一个家。她将平凡的日子过成了伟大。康乃馨成为母亲节向母亲感恩和祝福的必备之礼。

“女人花”的最高境界是舍己为人、大爱无疆。伟大男人的背后，必有一位了不起的母亲。

“女人花”以泪滋养，迎风盛放。从为人女到为人妻、为人母，这就是女人成长的进阶。

汤海鹭

黄庭坚是个水仙控

黄庭坚是北宋著名文学家、书法家，盛极一时的江西诗派开山之祖。生在宋朝，去拜访这样一位名人，或是向他求诗，送什么礼物合适呢？——送花。

当朝驸马王铣向黄庭坚求诗，老黄答应了却一直没写，怎么办？当时老黄正在闭关修行，已经入定，与外界断了一切联系。王铣知道他爱花，就送了一屋子的花。满屋的花香将正在闭关修行的黄庭坚拉回到了红尘之中，于是他文思泉涌，写下了《花气薰人帖》：“花气薰人欲破禅，心情其实过中年。春来诗思何所似，八节滩头上水船。”

送一屋子花得一首诗，是王铣这种有钱人的做法，一般人不必如此。想省钱的，可以去野外采些老黄喜欢的山矾；讲求高大上的，可以送梅花。当然，如果你想“名扬千古”，就送他水仙花，因为老黄是个“水仙控”。

有个叫王充道的人，是黄庭坚的朋友，送了他五十枝水仙花，结果是王充道和黄庭坚的“水仙诗”一起流芳百世。

让我们一起回到建中靖国元年（1101）的那个冬天。黄庭坚因卷入新旧党斗争被贬，在经历了许多不如意后，他奉召东归，兜兜转转来到荆州（今湖北省江陵县）沙市候命时，友人王充道送来五十枝水仙。夜色渐深，寒风凛冽。屋里是昏黄的烛光，屋外是清冷的月色。幽暗的居室显得沉闷而又压抑，忽明忽暗的炭火好像前途未卜的命运。黄庭坚感到愈加孤独，他长叹一声，缓步走向透过朦胧月光的窗边。水仙花开得正盛，五十枝水仙有着出尘脱俗的姿态，娇柔清丽的神韵和馥郁的芳香……抚弄着这些秀雅的精灵，老黄心底的郁结不知何时已悄悄散去。眼前的水仙幻化成了洛神的模样，她们漫步在盈盈的水波之上，四处寂静无声，只有粼粼的波光，映出淡淡的月影……黄庭坚提起案上的毛笔深思片刻，写下了《王充道送水仙花五十枝，欣然会心，为之作咏》：

凌波仙子生尘袜，水上轻盈步微月。
是谁招此断肠魂，种作寒花寄愁绝。
含香体素欲倾城，山矾是弟梅是兄。
坐对真成被花恼，出门一笑大江横。

王充道在合适的时间、合适的地点、做了合适的事，用水仙戳到了黄庭坚的“点”，老黄于是写下了这首“会心”之作，水仙也因此有了“凌波仙子”的美名。

水仙又被称为“奈祇”，这是波斯语的译音。段成式的《酉阳杂俎》说“奈祇出拂林国”。“拂林国”是中国中古史籍中对东罗马帝国的称呼。在意大利时水仙叫纳西索斯（Narcissus），是个举世无双的美少年。因为超级自恋，纳西索斯天天对着水自我欣赏。可惜他没有“微波凌步”的本事，是个“旱鸭子”，最终溺水而亡，化为一株水仙。

据考证，“纳西索斯”最早是在唐朝时从湖北一带登陆中国的。北宋时期湖北荆州、襄阳等地关于水仙的文学作品很多，这也间接证明了这里是水仙最初的登陆点。

意大利的“纳西索斯”来到中国后脱胎换骨，经过国人的不断演绎，水仙由一个美少年变成了“水仙姐姐”。宋人的《内观日疏》说，长离桥有位姚姥，十一月夜半大寒，梦见观星坠地，化为一丛水仙，甚香美，摘食之，醒来后生下一个女儿（水仙属有毒植物，这么吃还能生娃，绝对不是凡人）。女儿长大聪慧善诗，取名观星。观星，又称女史星，故水仙又名女史花、姚女花。文徵明在《水仙》中则称：“九疑不见苍梧远，怜取湘江一片愁。”由此，它又成了娥皇、女英的化身。

“中国水仙”香气浓郁，花朵玲珑可爱，有六片玉白色花瓣，花蕊外金色的保护罩就像一只小金杯，它因此又有一个别名——“金盏银台”。水仙花造型别致，就像一个精美的工艺品，让人不禁感叹大自然的神奇造化。清代康熙皇帝非常喜爱水仙，赞其“冰雪为肌玉烧颜，亭亭如立藐姑山。群花只在轩窗外，那得移来几案前”。当屋外的漫天飞雪将人与自然隔绝时，桌几上水仙用亮丽与清新带给人融融暖意，那种欣喜是无法用言语明说的。

中国早在1300多年前的唐代已经开始栽培水仙。明代时，苏州嘉定、吴县一带都是水仙种植的中心地区。南宋时，水仙已经传播至整个江南地区，都城临安（今浙江杭州）也开始种植水仙。清康熙中后期，水仙种植的重心集中到了福建，“水仙之乡”漳州最终成了“纳西索斯”的第二故乡。

明朝时，郑和下西洋，通过海上丝绸之路推行贸易和文化交流。在他随船携带的礼物中，就有漳州水仙。在一个陌生之地，郑和或许就是用一丛象征着吉祥、欢乐与美好的水仙，迎来了一张张真诚的笑脸。

水仙花语有两说：一是“纯洁”，二是“吉祥”。相信收到这样的祝福，人人都会满心欢喜，黄庭坚自然也不例外。

我爱我自己

水仙有60多个品种，每年春夏两季，它黄黄白白的轻盈花瓣，伴着让人轻微眩晕而飘飘然的香味，遍布欧洲大陆的山林水畔。

在这里，只要一提到水仙花，也许人们脑海中闪出的第一个画面，不是溪流边沼泽畔那些芬芳而优雅的小花朵，而是和它同命的古希腊那个美貌并沉浸于这种意识而不能自拔的少年，在水边自我陶醉的样子。“自恋 narcissism”——这个用在心理学和精神分析学上的严肃词语，就是从他的名字 Narcissus 而来。

这个专业词语，时常被不具备专业知识的人用得很溜的原因，肯定来自它背后有关这朵花和围绕着它的几个希腊神的传说，传说中的主要人物，无一不充满悲剧色彩。

先从有着迷人声音的小神女厄科说起。她容貌出众，才华横溢，有编故事和讲故事的非凡能力，为此，常被天父宙斯召入天庭为众神说书解闷，就连挑剔的天后赫拉，也成了她最忠实的粉丝之一。宙斯为了减轻妻子由于嫉妒对他的过分关注，就越来越频繁地让厄科来给她讲故事。

一天，宙斯在人间艳遇处逗留的时间超出了平日，赫拉的心情从焦虑升级到了愤怒，不幸的是，巧舌如簧的厄科，恰好在此时耗尽了她的灵感和想象力，越来越乏味的故事，在赫拉耳中成了喋喋不休的噪声。任性的天后一怒之下，决定用一种残忍的方式惩罚她：厄科丧失了语言能力，她唯一能够发的音，就是她所听到最后一句话的最后一个音节。厄科，是“回音”的意思。

悲剧里的最大悲剧，是厄科看见了美若天人的少年纳西索斯之后发生的。

纳西索斯，从头到脚是水做的肌肤、水做的筋骨。他的母亲，无忧无虑的水泽女神利里俄珀，一日在河畔清冽的水中嬉戏时，被河神疯狂地爱上了。利里俄珀却不愿意回应河神的爱，对他的追求无动于衷。最终，绝望的河神想出了一个主意，他化身为河水的涟漪，在利里俄珀下河嬉水的时候占有了她。水泽女神悲不可言，成日郁郁寡欢。

之后不久，纳西索斯出生了，水泽女神的生命突然有了崭新的意义，但孩子与日俱增的美丽，使她陷入了一种莫名的恐惧中，被这种恐惧折磨得无法度日，她想知道孩子的命运，以此确保他未来的安康和幸福。

水泽女神找到了预言家特伊西亚斯，这个古希腊神话中最伟大的先知，也是个悲剧人物，因为他后天被剥夺了视力。有关他变成盲人的说法有三：一说，在天父夫妇二人讨论男女性爱中谁的快乐更多时，他偏向宙斯的说法，认为女人更多，为此触怒了天后，被赫拉惩罚失明；二说，他口风不严，向凡人们描绘了天上诸神的状况和秘密，剥夺视力是泄密的必然结果；三说，也是流传最广的说法，就是他在林间无意撞见女神雅典娜沐浴，一时不能自持，忘记回避，被她夺去了视力。虽然特伊西亚斯被赋予了通过鸟语来预言未来的能力和跨越九代的寿命，但除了他本人，没有人知道他是否更愿意用自己的眼睛来看世界。

预言家特伊西亚斯不用看，就明白了水泽女神怀中美丽婴儿的未来。“他的寿命会长得让他自己都厌烦，但这种几乎永恒的长寿，有个前提条件，就是他永远不能看见自己的形象，否则，他的生命之火会随之熄灭。”

水泽女神从此战战兢兢，她总是在想法从儿子的身边清除掉一切能映出他形象的东西。幸运的是，纳西索斯仿佛对自己的美貌没有任何意识，他成日在山林中狩猎，矫健的身体像跳跃的小鹿，一刻也停不下来，根本无暇去纠结自己的颜值。

纳西索斯的美貌，虽不为自己所知，但却明明白白地写在人们的眼中。看到他的人，都会被深深地打动，所有见过他的少女，无一不爱上他，从此不能自拔。

不幸的厄科就是其中一个。当纳西索斯出现在她的面前时，太阳在她的眼中变得黯淡无光，她将生命的所有意义，都聚焦在了对他的爱恋上。厄科并没有比别的少女更幸运，相反，当她用唯一的语言能力——回音来表达自己的爱情时，只能使纳西索斯心生反感，他用粗暴恶劣的言辞回绝她的爱。

但深陷其中的厄科已无力自拔，她像个影子般地追随着他，奢望能讨得他的欢心，哪怕是投向她的一瞥都能让她感到欣慰。但她的执着被纳西索斯看成胡搅蛮缠，对她的厌恶之情愈加深重。伤心欲绝的厄科，每次听到纳西索斯恶言相加，就躲到山边的一块巨大岩石脚下哭泣。最后，茶饭不思的她，到了皮包骨头的状态，再也无力离开那块岩石，她不停地哭着，口中重复的是纳西索斯斥责她的最后一个音节。

厄科的生命之花就这样凋谢了，她的血肉之躯最后融入了坚硬的岩石中。直到现在，路过她面前的人，只要喊出一句话，就会听到最后一个音节的回音——这是厄科的声音。

厄科的悲剧，在众神中引起了愤怒，复仇女神涅墨西斯决定出手，惩罚纳西索斯的冷酷无情。她化身为一个年轻英俊的猎手，下了奥林匹斯山，在纳西索斯习惯走的林间小道上等候他。

少年矫健轻盈的身影在小径上出现了，金色的卷发如同太阳的金色光芒，衬着他完美的脸庞。复仇女神的心也不由为之一动，瞬间强烈地感受到了他罕见的美丽具有的不可抗拒力量。纳西索斯和英俊的猎手并肩走入山林深处，他兴奋不已，渴望尽快到达陌生猎手所描绘的地方——那里的猎物是他永远都猎取不完的。

林子的深处并没有猎物的痕迹，只有一池清澈静止的潭水，像面洁净无瑕的镜子闪耀着，等候着。

复仇女神将纳西索斯引到潭边后，就消失在了空气中。少年根本没有注意到同伴的离去，因为他在弯腰俯向潭水的那一刻，纳西索斯看见了世界上最美丽的东西——他自己的倒影。

纳西索斯的目光被凝固在了那里，他再也没有抬起头来。不知过了多久，他向潭水伸出了双臂，想拥抱那无法言喻的美丽——他的倒影，让它永远属于自己。

平静的潭水接受了他的拥抱，纳西索斯和他的倒影缓缓地沉了进去，被短暂打碎的镜面，迅速无声地合了起来。

后来，山里的仙女们结伴去了潭边，她们不忍心让美丽的少年永远留在水中。找遍了潭里潭外，他的踪影全无。恰好在他俯身凝视自己倒影的地方，长出了一棵水仙，窄窄长长的浅绿色叶子，散发着清香的柔软白色花朵。水仙在微风中轻轻地摇动，像是在左右顾盼。它倒映在静止的潭水中，倒影和花朵互相深情地凝视着，恰如纳西索斯和他的倒影。

它清纯的美丽，让人不忍接受这个神话传说赋予它的寓意：自私自满，无法去爱别人。

花解语

水仙是从意大利来的，在它的故乡，它就是水中仙人的化身。到了中国，在没有人知道名字和来源的时候，就被名为“水仙”。这只是巧合吗?

我想，看到水仙的人一定会觉得，它，就应该叫“水仙”。它的视觉形象，具有天生“仙”质。

黄庭坚一句“凌波仙子生尘袜”就给水仙定了雅号——“凌波仙子”。这是水仙的“仙”质让他想起了文学中最经典的水中女神——洛神与曹植《洛神赋》中的经典名句“凌波微步，罗袜生尘”。黄庭坚是有文化话语权的人，所以，他理所当然地就有命名权。

有人说，第一个把女人比作花的是天才，第二个就是傻瓜了。那么，第一个把花比作女人的当然是天才，但，以后不断地有人在这样比，这里，有傻瓜，也有天才。这就看你怎么比，关键在“比法”。

贺铸《青玉案》：“凌波不过横塘路，但目送，芳尘去。”是心中的女神不到他这里来而起的愁怅。于是，就有了经典名句:“试问闲愁都几许？一川烟草，满城风絮，梅子黄时雨。”

我想，如果贺铸知道“凌波仙子”，是不是也就像康熙皇帝那样“移来几案前”，闲愁便烟消云散了。

我倒是喜欢黄庭坚这首诗的最后一句——“出门一笑大江横”。

曹工化

有客仙处来

年宵花必须吉利、喜庆，还要有一定的颜值，水仙、梅花、蝴蝶兰，都是人们的心头好，仙客来也很讨喜，名字好听，模样也好看。

第一次见这种花，还是许多年以前。正逢过年，家里来了一位多年不见的远房亲戚，按辈分我要叫她小姨婆。小姨婆过年来串门，除了带来糖果、点心，还拿了两盆花。

花的样子很有趣，心型绿叶上有淡淡的花纹，中间一丛花葶直直地探出身子，每根花葶上面都顶着一朵玫红色的花。几片花瓣有丝绒一样的质地，边缘处渐渐淡了，像是镶了一道边。这些花原本就是活泼的，一朵朵那么急切地从花葶上挣脱出来，像是要飞走，而且飞得太急，花瓣全折反着。再看，又觉得那些花瓣像极了兔子的耳朵……

“真像小兔子！”我非常喜欢这种新奇的植物。

“真的叫兔子花。”小姨婆说，“是从国外传过来的，它还有一个洋名儿叫仙客来。”

外婆高兴得不得了，说：“这花名好！你来了——仙客来了！”

仙客来一下子让家里变得热闹起来。外婆把它们和家里其他的花们放在一起，为家里增添春色。

外婆和小姨婆年纪差不多，是邻居，从小一起长大。她们两个用山东话在一起谈天说地，说的都是小时的事，什么绣花啊，挑野菜啊，编篮子啊……两个人沉在记忆的深井里，回到了属于她们的那个时空，说的都是旁人完全不了解的故事。她们在讨论很久以前的某件事，或者继续争论谁是谁非。看她们两个神采飞扬的样子，我好像突然明白，外婆和小姨婆很久以前也是两个小女孩！

小姨婆来过以后，整个春节外婆都是快乐的。她有时候会独自对着那盆仙客来嘟囔，谁也不知道她说了些什么。每当那个时候，外婆的眉眼间就会有少女的表情，那是我们从来没有见过的。

我对仙客来很好奇，就查找资料了解它的“身世”。

这种花十九世纪二三十年代才少量进入我国，很长一段时间里平常百姓不太容易见到它。仙客来的拉丁名叫Cyclamen，中文学名“仙客来”是音译。据说“仙客来”是著名画家张大千命名的，也有人说是作家周瘦鹃。

周瘦鹃是“鸳鸯蝴蝶派”的代表人物，也是著名的翻译家，而且在园艺方面也有很深的造诣。他在《花影》中写道：“20年代，江湾小观园新到一种西方来的好花，花色鲜艳，花形活像兔子的耳朵。当时给它起了个仙客来的名字，一则和它的学名译音相近，二则它的花形像兔子，而我国神话有月宫仙兔之说，那末对它尊为仙客也未为不可。”周瘦鹃经常写花花草草，给花取个好听的名字，应当不是什么难事。

外婆很宝贝仙客来，生怕它冻着，把它放在靠近暖气的地方。但花并不是很喜欢太暖和的环境，开始变得无精打采。外婆急坏了，跑去花店里向人请教。人家说，仙客来是地中海沿岸的植物，喜凉爽，不能长时间放在温暖的室内。

春节已经过去好久，鸟头那样的淡紫色花苞仍然不断地从盆中探出来，变成一只只活泼的小兔子。外婆经常用山东话和仙客来聊天，就像和姨婆拉家常。花在听了外婆满是爱意的悄悄话以后，果然慢慢地有了起色。在冬日的朝阳里，它们一个个支楞着小耳朵，一边听外婆的唠叨，一边悄声地讨论着大家共同感兴趣的话题。外婆对仙客来们的表现很是满意，说：“仙客来哪里是什么外国花，它就是我们山东的花。我的话，它都能懂！”

许多年以后我才知道，这种外来植物已经成了山东青州市的市花。原来，仙客来和山东人果真有说不清的关系啊！

夏天一到，外婆养的花们开得疯了一样，茉莉香了满屋，石榴开放的热情挡也挡不住，还有米兰也开始长出小米一样的花苞，但仙客来却渐渐颓了。来自地中海的仙客来为了躲避夏季高温干燥的气候，已经开始夏眠。这让外婆多少有点沮丧。更不好的消息是小姨婆身体也不太好。

外婆更加精心地伺弄仙客来，而花却对外婆的精心无动于衷，叶一片片黄了，花们痛苦地缩成一团……直到有一天，仙客来彻底败了。小姨婆也像花一样，消失了。

外婆小心地把盆里的土挖开来看，发现了仙客来像小萝卜一样的球根。

“好好养着，来年一定能活。”外婆把它连同自己的“念想”一起埋进了土里。

天气转凉。外婆小心地把埋着仙客来球根的土挖开，遗憾的是她的执念并没有结果，不知道什么时候，“小萝卜”已经和泥土融为了一体……

此后，家中的年宵花里再也没有了仙客来的身影，它已经被外婆藏到心里，并且上了锁。

再一次看到仙客来，已经是许多年后的一个花市上。

仙客来的品种真多，有白的、暗紫色的、花瓣带褶皱的，还有带香味的……仙客来早已成了大众花卉。外婆如果活着，一定会惊叹不已。她会和小姨婆一起挑选哪种带回家呢？

卖花的是个山东姑娘，操着山东方言向我推销年宵花。“仙客来，兔子花，多喜庆啊！”她眉眼里含着笑意，让我想起了外婆和小姨婆年轻时的样子。

我挑了一盆最熟悉的玫红色仙客来带回家。

放在茉莉和石榴中间，仙客来和它们好像很熟悉。那些“小兔子”微微低着头，正忙着和边上的花聊天。它们的语言是清新的花香，它们的秘密只有花们知道。

识花不识心

在欧洲任何一个花店或农产品集市上，都有它的身影。通常是被按照颜色分别排放，紫色、深红、茜红、粉红直到白色，形成几个眩目的大色块，容易让人忽略仙客来精致的花朵和斑斓多彩的叶子的美。夏季，在浓荫遮盖的橡树林中漫步，草丛中一株开着粉色或白色小花的仙客来，倒是会让人情不自禁地附身细看，感叹造物主赋予了它亭亭玉立的姿态和典雅的色调。

这是仙客来，中文音译赋予它的名字可谓妙笔生花，不但给了它一身仙气，而且造就了它身后传奇故事的想象空间。遗憾的是，如今在温室里的大规模控温控湿科学培植，给予了它肥硕而艳丽的花朵，花期漫长，却显得呆板、市井，失去了应有的翩跹娉婷之韵。

但只要稍微回顾一下仙客来的古典历史，就会发现，它在西方文化中的身影异常轻盈，裹着仙气的仙客来，可以称得上是一种古老而神秘的植物。

说它古老，是因为在古希腊文献中有许多关于它的描述，它是古代希腊大地上的“原住民”；而它的神秘气质，则来源于它“双重人格”的属性。

所谓的“双重人格”，指的是仙客来是花中有名的矛盾体，看似娇弱不经风的植物，却充满了纠结：喜阴的生长特性和异常鲜艳的色彩，拥有美丽的花朵和有毒素的根茎。

大凡喜阴的动植物，在人们的观念中，都和潮湿、阴郁、暗夜、下弦月、精灵、巫术等概念有种说不清的关联，比如，长在密林中喜阴喜湿的蕨类，常被称为“蛇草”，它的生长环境和位置，让人联想到蛇蝎藏身的理想之处。而仙客来，这静静地开放在蕨草旁的花朵，它如蝶翼般轻柔的花瓣染着靓丽的色彩，在青苔和腐叶的怀抱中，会显得有点出人意料，由此，就带上了一丝说不清的诡异，因为在人们的逻辑中，鲜花的艳丽总是与灿烂的阳光相连，阴影笼罩下的艳色，自然就与阴性属性串在了一起。

于是，娇小雅致、花心中染着浅浅红晕的仙客来，与紫杉、柏树、柳树、大蒜、乌头和曼德拉草等植物一起，成了奥林匹亚山上的“黑月女神”，妖术、魔咒和女巫的守护神，死神赫卡忒的神圣植物。它淡淡而持久的香味，在微风轻拂的某个时刻，会压倒林中枯枝腐叶的味道，突然飘到人们的鼻中，引起阵阵恐慌，让人不由屏住呼吸，逃离这是非之地。因为它无论再怡人，也毕竟是“死神之花”的香味，跟它文静的淑女身姿一样，可能是个充满阴谋的陷阱。更危言耸听的是，如若一个怀孕的女人不慎践踏到它的花朵，死神的魔力就会通过它发散出来，女人轻则会即刻流产，重则会送命。

与此同时，古希腊人在这娇弱的小花面前，似乎又不免心生怜惜之意，不情愿完全接受加在仙客来身上这阴险的属性，于是，就找到了它与以上性格相反之处：正是因为它的根茎充斥着毒素，所以，它再也无法吸收更多其他邪恶的元素，按照物极必反的原理，它同时拥有以毒攻毒的效用，尤其具备与蛇毒抗衡的功能。人们认为仙客来是阻挡厄运的避邪之物，能挫败一切恶毒的咒语和魔法。尤其在古罗马时代，人们相信赠送一棵仙客来给自己在乎的人，有消灾避祸的庇护作用。

还有人从它根茎和花朵的形状，演绎出了与死亡相反的寓意：仙客来是天地和人类的繁衍之花！仙客来的块状扁圆形根茎，以及当花受精时，花茎的螺旋扭曲倾向，都被古希腊人解读为与圆形的寓意周期、循环相契合，这可以代表宇宙处于永恒的更新周期中。这种精神层面上的提升，体现在仙客来的名字里，它至今都保留着希腊语“圆形”的词根。

生活在公元前3世纪的古希腊自然学家泰奥弗拉斯，提出了仙客来与性爱的关系一说，甚至将其纳入极有效的催情药之列。这一说法的根据是，他认为植物的圆形且扁平的根茎块以及与此联系的花葶，一起构成的形状类似女性的子宫，从而把仙客来同受孕相关联。这种理论解释了地中海沿岸一种古老的风俗，用一束束仙客来花朵来装饰新房，蕴含着“早得贵子繁衍不息”之意。

同许多事物一样，如若仅仅拥有正面的元素，仿佛不免无趣或缺乏魅力。纠结无比的矛盾体仙客来，恰好没有这样的危机，相反，它的神秘毒素，在很长的历史时期，都使人们迷惑不解且津津乐道。

有毒的仙客来，在潮湿林子的浓荫下，这种以腐叶为温床的小植物，叶子上带着典型喜阴植物那花俏而不规则的纹理，有圈圈蕾丝的风韵；笔直的花葶上，秀丽的花朵像极了蝴蝶翼，含苞欲放时，像是蝴蝶留恋绿叶，而盛开时，恰似蝴蝶翩翩欲飞的那一瞬间。无奈这种仙气十足的植物，却是野猪们酷爱的食物，它们灵敏的嗅觉在林中能轻松地找到布满仙客来的地域，用长嘴拱开松软的地面，轻易地将汁水充盈的白色土豆状根茎咬住，大口咀嚼却不受毒素的伤害。为此，在很多地方，仙客来又被山民们叫作“猪面包”。因为仙客来的毒素除了人类之外，对任何动物都不构成危险，这种神奇的现象，极大地丰富了有关它具有特殊魔力的成分，人们百思不得其解的是，它为什么只对自然界的主宰人类有毒?

在中世纪，神奇莫测的仙客来，又添加了新的含义，但总归逃脱不出“矛盾体”的范畴。它集光明与黑暗、神圣与邪恶于一身，被人们从宗教的角度评点、评判，被赋予完全对立的属性，由此就成了两种相反概念的标识。

首先，从正面的角度来看。仙客来花朵中心位置的红色晕染色，令它有种楚楚动人的姿态，尤其当花瓣是雪白色的时候，这朵红晕格外鲜艳。源于这颗“红色的心脏”，有人将此花誉为神圣花朵。因为玛利亚总是着一袭雪白无瑕的长袍，受伤的心始终在淌着鲜红的血。

其次，由于它喜阴的生长属性，且根茎含有毒素，尤其是因为它是野猪酷爱的食物，并食之无碍，所以，人们就把仙客来和魔鬼撒旦挂上了钩。

人们认为撒旦拥有非凡的伪装、易形能力，形象多样，其中最常见的是蛇、狼、野猪等野兽的形象，为此，人们常将猪前蹄留下的蹄印称为“魔鬼的印记”。中世纪留下的罗曼风格柱头上，猪的形象常常和各种罪恶联系在一起，会出现在肉欲横流、罪孽和沉沦的场景中。

由此可以想象，当古代就被蒙上“阴影”和“污点”的有毒植物仙客来，成为代表罪孽的野猪的美食时，当猪津津有味的贪婪吃相被作为关注点之际，魔鬼就自然而然地闪亮登场了。

后来，随着仙客来作为普通观赏植物越来越普及，自古以来加在这个“矛盾体”身上的对立特性，也逐渐被人们淡忘。到了今天，很少有人再去纠结“生死之花”或“光明与黑暗”之类的渊源了，因为仙客来早已成了秋冬两季最容易买到也是最拿得出手的花卉了。粉红色的象征率真诚肯的爱；红色的象征热烈执着的爱；白色的象征纯洁无邪的爱；茜红色的象征心醉神迷的爱。

一束优雅的仙客来，从根茎到花朵，诉说的，终究还是人们对美丽的期待和愿望。

花解语

印象中，仙客来是一种很大众并被广泛种植的草本花卉，身价也不是那么的金贵，却可以在很多人家中的客厅几台、窗沿以及阳台上看到它们蓬勃茂盛、花团锦簇的倩影。

仙客来，这花名是音译，必须说，这是一次神翻译。仙客来原产希腊、叙利亚、黎巴嫩等地，二十世纪二三十年代才带着自己的历史和故事陆续进入中国，对中国的赏花客而言，确实像是从异国他乡远道而来登门做客的一位翩翩花仙子，同时，这花的名字也很招中国人喜欢，因为讨口彩。很快，仙客来就出现在了中国画家的笔下、纸上，传说中仙客来的花名是由张大千先生所取，似乎可以两相印证；而仙客来又为广大园艺爱好者广为栽培观赏，又似乎印证了该花名为周瘦鹃先生所译的说法更为真实。当然，这可能都是附会。若是，这样的附会也是很美丽、很走心的。

都说，绿叶衬红花，但是仙客来的花叶也是有点小心机的，仔细观察一下，会发现仙客来深绿色心形的叶瓣上，有浅色的斑纹，近似豹纹虎皮，但比起绽放在纤纤茎枝顶端的花朵，立刻就黯然失色。仙客来的花朵色彩可谓是绚丽多彩——色彩很丰富，色谱很宽，从洁白如玉开始，循序渐进，最终到达姹紫嫣红，而且色饱和度高，娇艳欲滴。除了夺目的色彩，再看仙客来的花朵，其姿态些许作态，略显妖娆，相簇相拥，蔚然成趣，这些恐怕都是它广受欢迎的原因吧。

张子帆

追日，最终得到了什么

作为一个现代人，生活中我们多多少少都会和向日葵扯上点关系：早上，吃一个葵花子果仁餐包；中午，吃一盘葵花子油炒饭；下午，去看一个凡·高的画展，最有名的就是《向日葵》；晚上，守着一瓶盛放的“太阳花”，一边嗑葵花子一边看电视……葵花像个变形小妖，一直绕着你，从日出到日落。

但是，如果你生活在秦朝，你会完全不知道葵花为何物。哪怕是权倾天下的秦始皇，也无法品尝到香气四溢的葵花子，更不会在烦闷时磕着葵花子缓解内心的焦虑；在巡游的路上，也不会欣赏到令人震撼地金灿灿的万顷花田。

那么，《诗经》所提及的“七月亨葵及菽”中的“葵”又是指什么呢？那是指曾经的百菜之王，锦葵科植物冬葵。唐代的杜甫用“葵藿倾太阳，物性固莫夺”表达对当朝皇帝的忠心，宋代的司马光也写过“更无柳絮因风起，惟有葵花向日倾”，以示对皇帝效忠。但他们在诗里所写的“葵”也只是借了冬葵叶子向阳的特性。也就是说，冬葵和向日葵毫无“血缘”关系。

向日葵出生在美洲，但它在中国的远房亲戚我们并不陌生，那就是陶渊明的最爱——菊花。曾几何时，东篱之下，菊花与隐居田园的陶渊明相伴，含情脉脉地仰视着他，陪他一起看日出日落，听风雨萧瑟。

向日葵能走进人们的生活，与印第安人对向日葵的驯化有直接关系。那时候，野生向日葵有60多个兄弟，却只有一种向日葵与人类有缘：它的“花瓣”是紫红色的，果实也小得可怜，只有5毫米长。这种一年生的植物，每年都会被春风唤醒，又在寒风中逝去。它们植根于密西西比河畔的大地，粗壮的茎从土壤中霍然跃出，数米高的身体，像巨人傲然而立。每天，它们齐刷刷地望向东方，在曚昽的晨曦中寻找着太阳的身影。当太阳升起的时候，它们倔强地昂起头，疯狂地吸取着太阳的能量。晨风吹过旷野，将太阳的温暖带给万物，也将向日葵们愉悦的叹息带向远方。日复一日，年复一年，终于有一天，向日葵被太阳染成了金色，种子也变得圆润、饱满。

一千多年过去，时间来到明末，菊花的远房亲戚——向日葵，随着传教的“洋和尚”漂洋过海来到中国。这时的向日葵已然是“面若满月”，色泽金黄。它华丽丽地盛装登场，早已没有了幼年时的模样。

明朝人王象晋在《群芳谱》中对它做了详细的描述。老王是山东人，身兼数职，是官员、文人、农学家，还懂医学。他和陶渊明有些相仿，对耕田种地的兴趣超过了出入官场，并自号名农居士。在《群芳谱》中，他这样描述葵花：“丈菊，一名西番菊，一名迎阳花，茎长丈余，秆坚粗如竹。叶类麻，复直生。虽有分枝，只生一花；大如盘盏，单瓣色黄，心皆作窠如蜂房状。至秋已转紫黑而坚。取其子中之，甚易生。”他还从医生的角度提醒大家，“花有毒，能堕胎”。

在老王的这段文字中，“丈菊”“西番菊”“迎阳花”都多少表明了向日葵的特性。实际上，“向日葵”最早出现在明末文震亨于1621年完成的著作《长物志》中。文震亨是文徵明的曾孙，除了擅长诗文绘画，还是位园林设计师。不知在他设计的园林中，给向日葵留下了怎样的位置？

向日葵追随阳光的特性，给了人们许多联想，人们将它的花语定为：爱慕、光辉、高傲之意，仰慕、凝视……

那么问题来了：向日葵为什么会跟着太阳转？有一种观点认为向日葵的颈部含有“植物生长素”，它怕见阳光，会跑到背光的一面躲起来，导致花盘随着太阳转动。

但是，向日葵真的一生都在追随太阳吗？并不是。只有尚未盛开的向日葵才会整天和太阳纠缠不清。成熟的向日葵已经褪去青涩，带着沉甸甸的果实低下头来。在果实们呈螺旋状排列的阵容中，还隐藏着极致完美的黄金分割数值0.618——那是属于它的秘密。它就像一个老者，内敛、沉默，用自己的姿态安静地思考。是的，成熟的向日葵不再盲目地追随任何事物，哪怕它是万物生长都离不开的太阳。

他也许永远不懂 她沉默的爱

向日葵，它是我小时候最熟悉的花，记得小学美术课学会画的第一种花便是它。用金黄色的蜡笔肆意涂满它那硕大的花盘，觉得其实当画家也挺爽，但花的花瓣却被我画得却太拘谨，有点小家子气，在大色块的花盘外围，像一圈孱弱的牙齿。当时不明白这种不协调，但记得贴在教室墙上铺天盖地的红太阳和向日葵中间，我画的那朵，只是一块金黄的色斑。

后来，逐渐学会了看花朵树木的各种美丽，但在我眼中，向日葵从来不属于花，它仿佛不具备广义上观赏花卉的特性，缺乏让我在它含苞欲放时的期待、全盛期的赞美和凋零后的感叹，它只是逝去时代的一种标记，一种姿态而已。

直到有一天，我读到英国诗人威廉 ·布莱克 (1757—1827) 的《啊，向日葵》，我想自己应该重新理解向日葵。

这首诗，与其他奉献给花朵的诗歌《我美丽的玫瑰树》《百合花》《病玫瑰》等，在诗人自编自画的诗画集《天真和经验之歌》中，被放到了后面命名为《经验之歌》的部分，这些诗都有多重解读，诗人认为，涉足现实世界，是天真的泯灭，因为经验是失去天真的必然。

这首诗彻底颠覆了我认知理念中向日葵的形象，显现了它的另外一种人格，它不再无条件地追随太阳，它的认知，使它的忠诚与执着转化为厌倦和绝望，从而情愿踏上神秘归宿之路。

啊，向日葵！
怀着对时间的厌倦，
整天数着太阳的脚步。
它寻求甜蜜而金色的天边——
倦旅的旅途在那儿结束；
那儿，少年因渴望而憔悴早殇，
苍白的处子覆着雪的尸布，
都从他们坟中起来，向往——
向着我的向日葵要去的国度。

作为古老的物种，早在几千年前，北美印地安人就种植向日葵，作为生存的重要构成部分：籽用来磨粉食用，黄色的花瓣用来做染料，纤维用来结绳，茎干用来烧火。直到1530年左右，西班牙冒险家们才从美洲将向日葵带到欧洲，作为新大陆的重大发现之一。但其实，欧洲早就存在有向日葵，翻开古罗马诗人奥维德的史诗《变形记》，可以看到有关它的故事。

读故事之前，先看看这部史诗说的是什么，然后会明白为什么可以说向日葵应该是欧洲大陆的古老物种。

出生在公元前43年的奥维德，在他57岁的时候，开始用六步格诗体写《变形记》这部15卷史诗，用了六七年的时间才完成。史诗由250个故事构成，基本取材于古希腊、古罗马神话，以古希腊哲学家毕达哥拉斯的“灵魂转回”理论为依据，将神、人、动物、植物和其他大自然的存在，作为灵魂变形的一系列表现形态，以生动的故事形式，阐述了作者对宇宙起源、世界形成和人类进化等哲学问题的理解。在这部著作里，古希腊、古罗马的神话人物，从最重要的到最卑微的，皆粉墨登场，他们的悲欢离合、七情六欲，在史诗中被表现得淋漓尽致。

其中，就有向日葵。故事叙述的是希腊神话中颜值最高、才情最高的太阳神阿波罗和一个普通海洋仙女克里姿雅的爱情故事。

情感丰富俊美潇洒的太阳神，偶遇秀美轻盈的海的女儿克里姿雅，立刻与之相恋。浪漫的他爱得随性，但是克里姿雅，却把光明之神作为了自己的所有一切。没过多久，阿波罗被波斯国王女儿的美貌所吸引，狂热地爱上了这个凡间公主，两人间越来越频繁的秘密约会，使他完全忘记了克里姿雅的存在。

克里姿雅以仙女所拥有的最大耐心等待他的归来，她以为阿波罗移情凡人只是为了满足一时的兴致。但事实并非如此，当她耗尽了所有的耐心之后，看到的仍然是她的爱人与波斯公主如胶似漆的情景。

悲恸欲绝的克里姿雅心生复仇之念，她到波斯国王那里告诉国王他的女儿因和太阳神相恋而失去了贞洁。国王气急败坏，不由分说将公主活埋在一片林间空地中。

阿波罗赶到公主的墓穴前，将自己光芒四射的金冠扔在地上，用尽全力想将爱人挖出来，但为时过晚，公主早已气绝。无奈，他将收集到的花蜜露水洒在她的身上，试图以自然的美和力量唤醒她，使她得到永生。公主并没有苏醒，慢慢地，从她的身体里，长出了一棵绿叶婆娑的木藜芦，不一会儿，树上便开满了一串串雪白的花朵，在微风中轻轻地转动，腼腆温顺，宛若她生前的微笑。

克里姿雅并没有因为公主的惨死而有负罪感，最让她痛苦的是，阿波罗对她的极端蔑视。她伏在他的脚下，像个最卑贱的奴隶，苦苦哀求他回心转意，但骄傲的太阳神，身躯像一块坚硬的岩石，立在那里，连看都不屑看她一眼，他的脑海里抹不去波斯公主在森林黑土下那惨白的面容。

绝望的克里姿雅望着太阳神离她远去，心如刀绞，她生活的全部意义，在他转身的那一刻，已经荡然无存。从那天起，克里姿雅就呆坐在一块田野中央，周围很空旷，但她没有感到孤单。坐下之后就再也没有起身，眼中滚下的泪珠是她唯一的食物，她不跟任何人交谈，远近不存在能够让她关注的事物。她用自己所有力量在做的事情，就是用她不倦的眼睛，追随太阳神阿波罗在天上的行踪。

英俊威严的太阳神，驾着他的金色战车，从东方驶向中天，再缓缓往西落下。他昂着骄傲的头颅，目光坚定地平视前方，他知道克里姿雅的目光像蛛网般缠绕着他，像烈火般灼烧着他，但他再也没注视过她一次。

克里姿雅坐在那里，双手插在身边干燥的土地里，太阳神的耀眼光芒，让她的眼睛发疼甚至开始流血，但她连眼皮都不眨一下。她认准迟早总有一瞬间，他会向她看一眼，她怎么能因为大意而错过这一瞬间？据说，她在那里坐了九天九夜，她飘逸的长发，在太阳光芒的照射下逐渐变成了金黄色，她日渐消瘦的身体，变成了一根细长的茎干，托着她那向着天上仰望的面孔。当克里姿雅的泪水全部流干后，她的痛苦和煎熬也消失了，因为，她变成了一朵灿烂的向日葵，移动着她那金色的头颅和脸庞，追随着她的挚爱——太阳神阿波罗。

后来的时代，当叙述向日葵的故事时，对它的前半部分，人们往往乐于轻描淡写，因为对于爱情的执着和至死不渝，在任何时代，都是最能够打动人的，故此，向日葵被列入了正能量满满的花卉系列中。各个历史时期流行的花卉语言，着重突出的都是同样的正能量，直至19世纪，在德国的一本花语词典中，在向日葵的条目下，这样写道：

“我将永远追随你—— 正如向日葵追随太阳。”表示的是向日葵无条件忠诚的特性，从日出到日落始终陪伴太阳的行为。但是，从它这种特性里看出负面因素的，也不乏其人。

在匈牙利的传统中，有人觉得向日葵是浮躁、不忠和放纵的标志，“对着多方卖弄风情，典型的脚踏两只船”。这里的“对着多方”，暗指向日葵花冠不间断地改变方向的动作。德国人和匈牙利人对向日葵的同一种行为，作出的评价恰好相反，是因为两者观察的位置不同，前者从天空的角度来看，而后者的角度是大地。

但任何人只要深思一下，就不可否认，在向日葵不存在任何前提的忠贞不渝里，带着极大成分的固执和偏拗。

近年来，生物学领域对向日葵不同生长阶段的向光性进行了研究，从科学的角度解开了“向日”的秘密，但科学的解释，远远不能取代人们自古以来对这种神奇的花的遐想，以及由此而生的寓意。

从17世纪末期，向日葵跨入了欧洲绘画艺术的圣殿，很快就成了画家们最热衷的花卉题材之一，尤其在荷兰弗拉芒画派中，它频繁出镜，以它炫丽的金黄色调和硕壮的大花盘、缎带般的花瓣博得赞美，它与希腊神话中描绘的向日葵相比，变得更加丰满，更加生机勃勃。其中，在安东尼·凡·戴克的《自画像》中占了很大画面空间的向日葵，被画得优美典雅，不但具备了美丽花朵的所有特性，而且成了画家向英国国王表忠心的标志。

但是，在绘画艺术中，“第一向日葵”，无疑是凡·高留下的那些色彩强烈、动感和力度极强的花了，它们强硕的躯体，在花瓶中相互碰撞同时相互依赖，生命的浓郁血液在高调的金黄色中流动、翻腾，让人想象得出它们在辽阔大地上齐头追随太阳的气概。

所以，要是想领略向日葵最原始最本质的美，夏日艳阳天，找片一望无际的向日葵田野吧，你一定会被那壮丽的美所震撼。

花解语

向日葵追随太阳的特性无疑包含了爱慕、凝视、忠心、追随的寓意。但是，对向日葵的特性的确需要有正反两面的全面认识。

先来看看夫妻关系。两个独立的个体因相爱而成家。虽然双方职责有分工、决策有主次，但一方如果过分信赖对方而放弃自己的见解和判断，慢慢就会失去自我和自信。太阳神与海洋仙女的神话故事就讲述了这样一种男花女痴的恩怨情仇。无数事例都证明，和谐的夫妻关系，应该是忠诚而不盲从，相爱而又自主。正如舒婷在《致橡树》中说道：你有你的铜枝铁干，我有我红硕的花朵。根，紧握在地下；叶，相触在云里。仿佛永远分离，却又终身相依。女人自立自强，有独立人格，才能真正赢得对方的尊重和平等相待。

再来看个人与集体、下级与上级的关系。同理，正确的处理方式应该是服从而不盲从，忠诚而又独立思考。为了强调集体的统一性、领导的权威性而剥夺个体的独立思考是十分危险的。在政治上，会导致盲从，缺乏质疑声，错失拨正航向的机会。在军事上，盲从会延误战机，导致失败。“二战”时，德军金字塔型的决策垄断体制就被美军基层班组有灵活作战自主权的扁平化组织所击败。所以，在任何时候，人都不能放弃独立思考。

其实，我们也误读了向日葵。正如文中所言：“是的，成熟的向日葵不再盲目地追随任何事物，哪怕它是万物生长都离不开的太阳。”

汤海璐

一般不一般

小时有个女同学叫杨杏花，人白净，长得也漂亮。大家都奇怪，杨杏花的爸爸是老师，为什么给她取了这么土的一个名字？在杭州方言里，“杏”的发音和“杭”相同。有男同学淘气，就叫她“杭花”。有一次，叫得“杭花”急了，她红着脸，幽幽地说：“‘小楼一夜听春雨，深巷明朝卖杏花’——陆游的名句，听过没？我住孩儿巷，和陆游是隔壁邻居。‘杭花’，咋啦？我爸起的名字，蛮好！”

杨杏花的“杏花弹”温柔又有力。同学们觉得，杏花能进到陆游的诗里，很不一般，再叫她的名字，态度都相当认真。

后来，有同学查了陆游的名句，才知道它来自《临安春雨初霁》。绍兴人陆游，出身进士，投身过军旅，可谓能文能武，但他的才华和热情却没人赏识。62岁时，陆游来到杭州，住在孩儿巷等着被皇帝召见，斗茶、练书法……各种无聊，满怀惆怅的陆游听着窗外的雨声夜不能寐，直到清早小巷里传来小贩叫卖杏花的声音……“小楼一夜听春雨，深巷明朝卖杏花”一句写得太完美，人人传诵，搞得宋孝宗也赞叹不已。

陆游诗里的杏花是“有声”的，他用小巷里叫卖杏花的吆喝声，写出了自己的落寞。

诗人杜牧的《清明》把杏花和清明放在一起，写得肝肠寸断。“清明时节雨纷纷，路上行人欲断魂；借问酒家何处有，牧童遥指杏花村。”冷冷的雨，孤独的人，哀伤的心……只有走进杏花村，让纷飞的花雨拥抱孤寂，让醇厚的酒香抚慰心灵……

宋代叶绍翁在《游园不值》中也写了杏花，这里的杏花就有几分香艳：“应怜屐齿印苍苔，小扣柴扉久不开。春色满园关不住，一枝红杏出墙来。”苍苔暗沉，柴扉紧闭，红杏活色生香。杏花的花苞初绽时是艳红的，逐渐开放，颜色也会渐渐变浅。园中的“红杏”青春洋溢，对世界充满好奇。“红杏”是花，又似少女，它一“翻墙”，不禁让人浮想联翩。

王安石《北陂杏花》中的杏花则柔情似水：“一陂春水绕花身，花影妖娆各占春。纵被春风吹作雪，绝胜南陌碾作尘。”杏树下一泓绿水缠绕，水中是斑驳的花影；春风吹过，飞落的花瓣好像纷飞白雪，撒在绿水之上，又随着春水流逝而去。这情景，真是让人陶醉！

杏花是春花，在中国民间是十二花神中的二月花。每年三四月间，杏花们开得很急切，山间、路旁、房前屋后……粉的、白的花，娇嫩的花瓣儿像少女吹弹可破的肌肤。杏花一开就是一片，就像安静的地方呼啦一下拥来了一群小女生，她们美丽又养眼，热闹又俊俏。可是还没等仔细欣赏，花儿们又呼啦一下不见了踪影，只留下枝上散乱的花蕊和一地零落的花瓣。

杏花和梅花的花型有几分相似，只是它深红色的花萼向后弯着，花朵像是要从里面“挣”出来一样，很活泼。

杏树在中国有三千年的栽培历史，是种植最早的果树。在我国，除广东、海南和台湾三省，都有杏树种植。

而西方国家的杏树，主要是通过丝绸之路传播出去的。在古典名著《西游记》中的唐僧师徒，也属于丝绸之路的探路者。作者给去西天取经的唐僧安排了巧遇杏仙的内容。与丑恶的妖魔不同，杏仙不但容貌姣好，还会吟诗。《西游记》中“插播”的这段杏仙与唐僧的故事，实在是令人印象深刻。

中医认为，杏花具有补中益气、祛风通络的作用，可以美容。宋代的《太平圣惠方》中，就有以杏花、桃花治面部斑点的记载。古籍《鲁府禁方》里有一个美容秘方，叫“杨太真红玉膏”，据说是杨贵妃独享的美容用品。作为宫廷的舞蹈家，杨贵妃对化妆品有着独到的见解。这种用杏花调制的膏体明亮、细润，香气淡雅，很受杨贵妃的喜爱。当年，若是将“杨太真红玉膏”作为大明宫的文创主打产品，一定不会输给今天的故宫口红。

杏的果实也很美味，且含有多种营养物质。北京的水晶杏、河北的大香杏等都很有名。李广杏是甘肃敦煌的特产，传说它是西汉年间李广西征后带入敦煌的。李广杏外形圆润，果皮金黄，果肉香甜，食之颊齿留香。

杏仁可食用、榨油，还能入药。当然，苦杏仁也能要人命。在电视剧《甄嬛传》里，可怜又可恨的安陵容，最后就是吃苦杏仁自杀的。苦杏仁中的苦杏仁苷可以分解生成氢氰酸，60 毫克氢氰酸就能置人死命，这差不多是 30 颗苦杏仁的量。安陵容最后塞进嘴里的那把苦杏仁，应当不止 30 颗吧！

人们都知道，“杏林”是中医的代称，但这和杏花、杏果、杏仁有一定的医疗效果无关，而是源于三国时的医生董奉。董医生医术高明，给人治病从不收钱，但要求被治愈的病人在他的院子里种杏树。一般病症被治愈的病人种一棵杏树，得重病被治好的病人种 5 棵杏树。几年后，董奉治愈患者成千上万，杏树也有十几万株。每逢杏熟，董奉拿杏换稻谷，全部用来救济贫民百姓。因此，后世常以“杏林春满”“誉满杏林”来称颂医生医术高明和医德高尚。

杏花还和教育有关。据说教育家孔子讲学的地方种满了杏树，所以后来凡是讲学的地方，都叫“杏坛”。

因为杏与“幸”谐音，人们一直以杏象征幸福。一直以来，杏花被人贴上了阴柔的标签，就像它的花语：娇羞、疑惑、少女的慕情。

杏花在中华大地上盛开了3000多年，到底有多少叫杏花的女孩到世间来过，大约只有杏花们知道了。

有时候，那些看上去普通的东西，其实非同一般，杏花也算是其中之一吧。

早春的一片云

在中国传统审美中，杏花是一种有与世无争风度的花。也是在初春时节开放，但它没有梅花不畏严寒的傲气，没有桃花艳丽撩人的妩媚，也没有樱花遮天盖地的大气场。它总是悄悄地揭开春季雨水串的帘幕，待人们认真注意到它时，杏花就快到凋谢的时候了。故人们吟诵的“杏花春雨江南”，是一种复合元素组成的画面，杏花只是元素之一。

在欧洲，人们所爱的杏花，虽然花期甚至外形、香味都和东方的杏花相似，但其实并不是“杏花春雨”中的花，而是指巴丹杏树的花朵，巴丹杏树，就是通常所说的扁桃树，杏仁树。

杏花是早春的主角，时常冬末连续几天的温和阳光，会使它悄然绽放，像是要将春信果断地提前，因为它的这种特性，人们传统上把它看成报春花，它是春回大地万物苏醒的兆头，用脆弱和短暂的花期，搭起严冬过渡到温暖春天的桥梁。

记得在一部电影中听到过的几句台词，当时想到的是杏花。病态但不乏浪漫的男人，对他长期爱恋但永远得不到的公主这样说过：

“如此美丽，如此苍白，如同寒冷冬天射进来的一道阳光。”

她在别人眼中，和杏花一般，是冬天里的希望，初春的温暖。

杏花在西方文化中有非同一般的含义，围绕它的传说和故事很多，故成了许多诗人和艺术家喜爱的表达主题之一。在某些文本中，就有通过杏花花开花落的短暂周期，向人们展示生命从出生到衰老的过程如白驹过隙的真相，从而认识生命的珍贵，领悟生命的含义。

但最能够打动人的，非古希腊传说中讲述的杏花故事莫属，故事的调子与杏花的凄美完全吻合，使这个传说成为千古绝唱。

雅典王国第十二任国王得摩丰，英俊潇洒智勇双全，他和兄弟阿卡玛斯，作为特洛伊战争中的伟大英雄，形象被留在了古希腊的陶罐上。

传说得摩丰的祖母艾特拉，被酒神狄俄斯库里掳走，后来沦为特洛伊城中红颜祸水海伦的侍女。为了解救她，两兄弟参加了战争，得摩丰就是藏匿在著名的特洛伊木马中的一名勇士！

战争结束之后，载誉而归的英雄春风得意，在归途中遇见了他的梦中情人、色雷斯王国的公主费利斯。如火如荼的爱情，使两人迅速订立婚约,得摩丰不但收获了爱情,还获得了色雷斯王国。

多瑙河畔，江山美人，并没有减轻德摩丰对故土雅典的深深怀恋,他的忧郁之情与日俱增,最后决定回国探望,了却心愿之后,再来正式迎娶费利斯。

两个有情人在海边告别，费利斯心中百感交集，得摩丰眼神中的不舍，并没有给她过多的安全感，悲观的天性使她忧虑重重面容憔悴。临别之际，公主以宝盒相赠，里面珍藏着的是大地女神留存下来的几件圣物，以此来保护爱人的平安。

费利斯目送着爱人的船消失在海天一色的碧蓝中，她说服自己，从这片碧蓝中，过不了多久，就会出现得摩丰回归的大船，满载着她的未来和幸福。公主的眼睛一时褪掉了分离的忧郁，变得像湛蓝的海水般清澈。从那一刻起，她生活的全部意义，就是得摩丰的双脚重新踏上色雷斯国土的那一瞬间。

世事无常，费利斯满是希望的清澈眼睛黯淡下来了，时间的流逝，在她的眼中，化成了翻卷不歇的浓厚乌云。

得摩丰和她约定的时间越来越近了，她变得更加焦虑不安，一次又一次地到爱人上船的海滩，伫立在那里凝视远方，希望从海天的尽头辨识出一片越来越近的白帆。

从来，男人为爽约编造出来的理由就数不胜数，大到关乎国家社稷，小到由于天气状况，但在女人心中，存在的理由就只有一个，就是爱情的消逝、情人的背叛。

当费利斯第九次踏上等待的海滩时，已是形容枯槁，她面对平坦如镜的大海，极目远眺，金色的长发在海风中飘扬。像以前的八次一样，她没有等到得摩丰，也没有等到带来他消息的任何人。

当天夜里，在王宫的公主殿中，费利斯自缢身亡。

智慧女神雅典娜为费利斯的死伤感不已，她不忍心让绝望的少女就这样沉入死亡的永恒黑暗中，怜悯之余，雅典娜将费利斯的身体化作了一棵年轻的杏仁树。

宛如她死前消瘦不堪的身体，干瘪的杏仁树树皮粗糙、枝条纠结，生机全无，它不开花、不长叶，但并没有倒下，它的使命赋予它极大的耐心，它必须等待。

终于，从雅典回来的得摩丰，踏上了他日思夜想的色雷斯海滩。迎接他的，却是一棵没有生命迹象的孱弱的杏仁树。

被愧疚和悲痛击垮了的他，张开双臂紧紧地抱住了树干，他的眼泪涌了出来，打湿了干枯的枝条。费利斯被得摩丰的爱唤醒了，她依托无数盛开的白色花朵，来表达自己的喜悦和爱情。一时，千万朵杏花，如薄云轻纱，缀满枝头。

1882 年，著名的英国画家爱德华 · 波恩 · 琼斯爵士，创作了一幅让人惊心动魄的油画，被唤醒的公主费利斯金色长发覆身，她从杏仁树褐色的树干中脱身而出，双手从后面环住表情微带惶恐的英俊少年得摩丰，秀丽的面颊贴在他的额前，神情满是专注、温柔的爱意。他们的身后，是一片灿烂明亮的白色杏花。这幅画作展现的场景，应该符合大多数人对上述古希腊故事的想象。此画现藏于英国伯明翰美术馆。

鉴于费利斯和得摩丰的故事，杏花的花语，除了含有“苏醒”的意义之外，还有“恒久的耐心”之意。

在沙丁岛古老的民俗中，有一样与杏花、爱情相关的习俗，不乏神秘的魔法意味。当春心萌动的少女得不到暗恋对象的感情呼应时，她们会不顾早春的寒冷，去田野中寻找含苞欲放的杏树，守在那里。当雪白的杏花在阳光下张开花瓣的那一刻，她们采摘那些花蕊晕红的最完美的花朵，然后掺入月色和露水，以及她们的爱慕之情，做成能迷人心智的爱情灵药，找机会让被她们爱上的人喝下去。接着，就是耐心的等待，等待懵懂少年的苏醒，发现她的存在，发现自己对她存在的特别关注，从而明白这就是爱。时常，不到如云的杏花凋谢之时，她们的耐心等待，就会被幸福的喜悦而取代。

至今，许多地区都将杏花盛开的季节作为最合适的订婚季节。头戴杏树枝条编成的花冠，初试浅色春装的女孩们，是最美丽的一道风景。

关于杏花，和东方文化不同，欧洲很少强调它的单数，如“朵朵”或“一枝”，而是着眼于“一树”，更多时是“一片”。

如若初春时节恰巧在巴尔干半岛的山区住上几天，那么，就不难理解“一树”和“一片”盛开的杏仁树的美了。

春寒尚咄咄逼人的早晨，山野尚笼罩着灰褐色的寂静，不远处，随着太阳的升起，一棵白色的花树照亮了四周的一切，接下去的时光，像是把雪白的花色传给了其他树，它逐渐变成含蓄的浅粉。只是，眼前的粉白相间奇妙而短暂，常常令人还未来得及开口赞美，就要感伤它的满地落英了。

花解语

北方苦寒，早春时节绽放的花卉特别稀罕，连人们颂扬的“香自苦寒来”的梅花也难觅消息。但北方有杏树，因为形似梅花，于是北方人多半将其视作梅花。曾经杭州举办过一届全国梅展，居然也有来自北京的展品，让我们甚是好奇。

南方人似乎不太在意杏花，春天百草千花姹紫嫣红，哪有人会注意到其中的杏花？陆游说“小楼一夜听春雨，深巷明朝卖杏花”，可见，杏花是需要吆喝着卖的。可是，当一个人远离南方时，又会生出“杏花春雨江南”的念想，想起了她的意味。而杏花，似乎总是与人的一种特别遭遇、特别心境、特别况味，如影相随。正如高蕾《一般不一般》中写到的，陆游《临安春雨初霁》这诗句里的杏花是“有声”的，这悠悠回响在小巷里的叫卖杏花声，写出了他的落寞——那是一种壮志难酬、孤寂无助的落寞。

“靖康之变”（1127 年）时，才三岁的陆游跟着家人从北方逃回老家山阴（今绍兴）。与陆家南辕北辙的是，做了亡国奴的赵宋皇帝被金人押往东北。路过燕京时，宋徽宗写下了一首《燕山亭·北行见杏花》。那杏花，在轻纱一般的洁白中，隐然若现一抹胭脂，这淡雅妆容便是仙女也不如。然而，这绝色之美却如此容易凋零，偏又遇着潇潇风雨，使这院落格外的寂寥凄凉，在这落尽群芳的暮春时节更添一段哀愁。他把自己的亡国遭遇和惨痛心境，借小院一角的杏花叙写得淋漓尽致。这杏花既是花，更是一名从至尊坠落到奴婢的帝王的人生况味体现。

高粱《早春的一片云》一文讲到的古希腊传说中，雅典国王得摩丰和色雷斯公主费利斯的爱情悲剧，杏花在其中也是一种人生的写照。所不同的是，欧洲很少强调它的单数，而是着眼于“一树”或“一片”，似乎更愿意将人的情感和遭遇，在视觉意象上描写得浓郁、浩大一些。这点，又叫人长了知识。

姜青青

望春

3月，空气里满是寒意，风也是冷冷的，花草们大都在安睡。高大的玉兰像一个哨兵，在冷风中站立着，枝头上去年形成的花芽们熬过了一冬，正裹着厚厚的毛外衣，齐齐地望向春天归来的方向——“望春”，这是它的另一个名字。

当温柔的春风悄悄吹过树梢，花芽们就迫不及待地脱去了毛茸茸的外套，不顾一切地开了，开得轰轰烈烈。普通玉兰花有六瓣，通身是冷艳的玉白色，靠近花芯处有一抹淡红，那是它珍藏了一个严冬的热情。

清人赵执信在《大风惜兰花》中写道：“如此高花白于雪，年年偏是斗风开。”人们都很好奇，为什么这种最早被春风唤醒的花朵不会被寒冷所伤？这是因为白玉兰有“开花产热”的特性，通过富含线粒体的雄蕊产生大量热量，这些热量可以使花朵的温度高出环境温度0.5℃~6℃。正是因为白玉兰有这种独门绝技，才能使它不畏严寒。

作为中国的传统花卉，玉兰在中国的栽培历史悠久。早在公元 6 世纪，就有佛教寺庙在庭前种植玉兰。木兰属植物在我国最多的是白玉兰和紫玉兰，古人因其花形相似，花期相近，统称为“木兰”。屈原的传世名作《离骚》中曾以“朝饮木兰之坠露兮，夕餐菊之落英”的诗句，赞美其高洁的品质。清人李渔对玉兰的夸赞也是不遗余力，他在《闲情偶寄》中写道：“世无玉树，请以此花当之”，并把玉兰花开称为“绝盛之事”。

在北京故宫的慈宁宫有两棵清代紫玉兰和几棵白玉兰，每当玉兰盛开的时候，都会有人赶去赏花。

玉兰们年年开花，玉兰树守望了清宫里几代帝王。从太后、皇帝到普通人，喜爱玉兰的人不在少数。来自意大利的宫廷画师郎世宁在自己的画作《海棠玉兰图》里画过玉兰，咸丰皇帝也曾写过一首关于玉兰花的诗作:“咸茗馆前三月半,紫云白雪玉玲珑。”

据说，每到玉兰花盛开时，慈禧太后就会带着一众宫人去赏花。一围红砖墙，几树玲珑花，花香带着冬的清雅，又夹杂了几许春难以捉摸的神秘。行走在花树下，满目的春意让慈禧太后想到了自己的美好年华，清冽的花香浸透了她孤寂的心……

在这红墙中，还流传着一个与玉兰有关的故事。那是康熙年间的某一天。春光正好,天蓝得耀眼,白云正徜徉在金色的阳光里。白玉兰硕大的花朵遮蔽了晴空，紫玉兰的粉红给初春的深宫染上了丝丝暖意。雍亲王四爷带着几位随从来园子里赏花。园林深处，伴随着一阵清亮的笑声，一个婀娜的身影映入了四爷的眼帘——好一个美人！正所谓：“手如柔荑，肤如凝脂，领如蝤蛴，齿如瓠犀，螓首蛾眉，巧笑倩兮，美目盼兮！”四爷对这位娇媚的女子一见倾心。那时，帝王们还都不知道“钻石恒久远”。四爷让人做了一款玉兰簪子，将代表“情比金坚”“永恒久远”的玉兰情簪赠与美人，用它“钉”住了美人的心。这位美人是不是入了《雍亲王十二美人图》，已经不得而知。有兴趣的人或许可以用玉兰情簪作为线索，查找一下图中的哪一位才是四爷心仪的美人。

玉兰还有另一个名字——木兰，这个名字让人想到一位英武、豪迈的女将——花木兰。在《木兰辞》中，作者对这位北魏时出生在河南商丘的姑娘有过详细的描述。因当时北方的游牧民族不断南下骚扰，朝廷要每家出一名男子上前线。花木兰的父亲年纪大了，家里的弟弟年纪又小，木兰决定替父从军。她隐瞒了女儿身，与战士们一起驻守边关。“旦辞黄河去，暮至黑山头”“朔气传金柝，寒光照铁衣”……十多年过去了，经历了战火的考验，花木兰凯旋而归。她拒绝了名利的诱惑，回到家乡陪伴年迈的双亲……勇敢、坚强的花木兰，在中华民族优秀儿女的花名册里，一直是深受人们喜爱的巾帼英雄。1998 年，花木兰通过美国迪士尼公司的创作，走上了大屏幕，为更多世人所了解。

相比之下，作为花卉的玉兰走向世界的时间比花木兰要早。唐朝时玉兰被引种到日本，17 世纪传入欧洲，并在世界各国广泛栽培。这种颇具观赏性的花树，一直是园艺师们追捧的对象。1827 年，一位法国人用白玉兰和紫玉兰培育出了世界上第一棵玉兰的杂交种——二乔玉兰。它的花瓣内侧是白色，外部是紫红色，如同它的名字一样美艳动人。“东风不与周郎便，铜雀春深锁二乔”，三国时期的二乔姐妹一定想不到，千年以后，人们会用这种方式让人再度想起这对貌美如花的姐妹。

只是，玉兰的花期非常短暂，只有短短的十几天。润物细无声的春雨会让玉兰变得花容失色，棕色的花瓣散落一地，满是花们的无奈和不堪。

所以，趁着花开正好，人们会把半开的玉兰采下来另作他用。玉兰花含有丰富的维生素、氨基酸和多种微量元素，能祛风散寒、通气理肺，可治疗多种疾病。

清代的陈淏子是位著名的园艺家，他在介绍花卉植物的专著《花镜》中，也写到了玉兰。这位自号“西湖花隐翁”的爱花人，实在不忍心糟蹋了一树好花。每逢玉兰花开，陈淏子都会把玉兰摘下来，将花瓣清理后用面拖了油煎，爽脆清香的口感令人爱不释口。他还会把采来的玉兰花浸在蜜中，等待金色的蜜汁慢慢地将玉色的花变得透明。当绿色的叶芽绽放在玉兰枝头，品着杯中清香宜人的玉兰茶，望着一树的新绿，也算是对玉兰最好的纪念吧！

他乡旧识

在很多场合，人们觉得有必要搞清楚一件事：自己的交谈对象或可能建立某种关系的人的阶层和身份。暂且抛开这种紧迫感中的功利成分不论，权当这仅仅是为了鉴定对方的品位和教养的需要。但搞定这件事并不容易，类似中国“人不可貌相，海水不可斗量”的生动俗语，欧洲也有很多，诸如“道袍不一定能成就僧侣”，或“闪光的并非都是金子”之类。

但当听到有人说他家院子里的广玉兰需要修剪，因为它的高度开始让人有渺小的感觉了，那么，说话者一定非富即贵。

有年夏天，为猫咪寻找夏季托儿所，在网上看到了一则简短的启事：

“郊外大房子，托寄宠物，各自拥有八平方米左右的个人空间，口粮自带。”

奢侈的“八平方米的个人空间”引起了我的极度好奇。第二天，我就站在了那两扇锈迹斑斑的铁栅栏前。

第一眼看到的并非是启事中写的“大房子”，而是院子里正对栅栏的两棵高大茂盛的广玉兰树，乳白色的花朵被宽厚肥硕的叶子稳稳地托着，阳光移到花上时，此花瞬间变得雪白，完全脱掉略显沉重的感觉。其与“娇艳”不搭边却让人无力抗拒的美感，也许属于薛宝钗那种“端庄稳重，温柔敦厚”的风韵吧。

大房子是一栋三层巴洛克风格的大建筑，深色的橡木正门气宇轩昂，只是被高大的参照物遮掩住了而已。

房子的主人是个穿汗衫和人字拖的小哥，面上有忧郁的苍白颜色，说既然家族历来有饲养猫科动物的嗜好，暑假想赚点零花钱，就想开个猫咪托儿所试试。

八平方米客房，是由房子附属建筑物——温室隔成的“格子间”，墙角堆着些旧花盆，几株枯干的植物还没有被清理掉，落叶在灰绿大理石地板上，有种寂寥感人的棕黄色。宽大的落地玻璃窗正对着玫瑰园，养护粗疏的玫瑰们有点无精打采，勉强开出几朵花来，却有“冰川”“安娜贝”之类的名品。试着想象大屋子辉煌之时，有人曾站在我现在的位置，给热带植物喷水施肥，时不时地放眼玫瑰园，盘算着晚餐桌上该用的鲜花搭配，不由心猿意马。

交谈了一会儿，明白小哥是个不折不扣的猫咪外行。但他话锋正健，客气地陪到门口，站在广玉兰树下继续闲聊。

既然谈不了猫，就谈面前的院子和花木。我对玉兰的硕大花朵赞美有加，小哥踩着梯子，摘下了两朵，殷勤地递过来。我捧着沉甸甸的花朵，禁不住去抚摸象牙白的花瓣，竟有鞣熟皮革的质感。

看着宽阔的草坪和高高的树篱，空气中隐隐有辨别不清的花香，勉强按捺住想看看整个园子欲望，就近处着眼，这时，我发现广玉兰身边的小灌木，葱茏的叶子虽然被笼在广玉兰的阴影里，但仍然绿得放光。

“星花木兰！”我惊喜地喊了起来，大有他乡遇故知的感觉。眼中现出最后一次在故乡看到它的情景：略带任性的浅褐色枝干，茜红色线条从花蕊深处向粉白花瓣伸展，如同星星的光芒，它的味道中有着苦杏仁的隐约芳香，在初春的园子里引来第一波蜜蜂的癫狂舞蹈。

像是被我的话打动了，小哥的声音里带着喜悦：

“我想你肯定认识它，居然被我猜中了。”

这话我听得莫名其妙，忙问他缘由，他笑着回答：

“这不是从东方来的花吗？你怎么会不识它？”

坐在梯子窄窄的踏板上，脚丫子玩弄着人字拖，小哥对我这个东方人讲起了有关星花木兰的东方故事。

很久以前，当地球上的植被还是另外样子的时候，玉兰花就存在了。这是一棵粗犷茁壮的大树，厚重宽大的叶子像是它的盔甲，当春风由料峭转为柔和之时，大树偶尔会开出几朵花来，白色的花儿如同罕见的珍宝，闪烁在坚实的绿色叶子中。但是，在大树坚硬的树皮下，在汁液最丰沛的树心里，生长着一株小巧的星花木兰，每一阵春风吹拂大树树叶使之微微颤抖时，树心里隐藏着的小灌木，就会悄悄地开出一朵芳香的白色花朵，它花枝灿烂却深藏不现，这是高大的玉兰的风格，它愿意把对春天的感恩，藏在温柔多情的心里。

初春多雨时节，发生了一件事，打破了玉兰树和它美丽星花之心的宝贵平衡。

不知什么时候，玉兰树边上长出了一棵杜鹃，用了很久，它才长成一株矮小的灌木，毛茸茸的小叶片，绿得很执着也很自信，这给它朴素的外貌添加了一种不想引人关注的刚强。确实，太高大太魁梧的玉兰树，从来就没有注意过脚下这棵逐渐长大的杜鹃，它的视线总是消失在风起云生之处。

那天的风雨吹得貌似刚强的杜鹃东倒西斜，叶子凋零了许多，落在地上立刻被风带往远方。杜鹃失去了往日的独立性，无奈地依偎在玉兰粗大的树干上。到了早晨，风停雨歇，朝霞满天。阳光穿透玉兰树肥厚叶子的缝隙，照亮了杜鹃。像是被施了魔法一般，杜鹃被一层黄色的花朵覆盖，花瓣轻盈婀娜，明黄的花蕊如同昆虫的细长触角，在空中优雅地不断颤动着、摇晃着，像是在寻找什么。

紧贴着玉兰树干的一条细枝上，开着几朵特别鲜艳的花，也许是处在阴影里的缘故，簇簇花蕊闪出金子般的光泽，在玉兰树粗糙的树皮衬托下格外靓丽。花蕊在晨风的推动下，在玉兰树身上轻轻地跳动。

高大的玉兰立刻感到了这种令它十分愉悦的抚摸，它享受着着轻微的爱抚，终于垂下了头，看到了如花似玉的杜鹃。这一瞥竟然使它终身不能释怀，它把杜鹃无意的动作看成了感情的宣泄，它爱上了脚下的杜鹃。玉兰的心脏剧烈地跳动着，星星般的花朵带着浓郁的香味，一朵紧接着一朵地开放，宛若天幕上闪烁的星星，被繁花压弯枝条的星花木兰，在树心里感到无比焦虑，因为它无法知道杜鹃的反应，这种焦虑感使它体验到了什么叫真正的窒息。

玉兰的星花心脏剧烈地跳动着，它拼命向金色杜鹃的方向倾斜，不停息地传送它的芳香，它从树干中间探出了半截，晃动着洁白的花瓣，想让杜鹃注意到它的存在。

杜鹃对此丝毫没有在意，它正平视着眼前的景象：绿色的草地上，黄白相间的，是雏菊和蒲公英的谦逊花朵，它们引来了几只翩翩的蝴蝶。杜鹃努力让自己的花蕊再长一点，它渴望能体会到那些轻盈的精灵在它身上漫步的感觉。

春天的阳光每天都赋予杜鹃全新的金色花朵，它对草地和小花的注视、对蜂蝶的顾盼，在玉兰看来，是对它不屑一顾的冷漠无情，终于，它的心碎了。

星花玉兰和高大玉兰树的连接，被一株对爱情毫无察觉的黄色杜鹃折断了。杜鹃依然笑迎春风，美丽的花朵招摇着，终于引来了两只白色的蝴蝶。

从此，世界上有了两种玉兰：高大的广玉兰仍旧雄伟粗壮，它把自己的花朵尽量隐藏在繁茂的常青绿叶中，以示自己的威武阳刚之气；而星花玉兰，洁白芬芳的星状花朵，盛开在裸枝上，花瓣柔弱单薄，承受得住的只能是和风细雨，骤雨劲风会让它的花瓣零落一地，不一会儿就转换为黯淡的黄褐色。它敏感的灵魂变得异常脆弱，但正是它这不堪一击的美，让人为之怦然。

故事说完了，良久，两人都未开口。

我看看离地20多米的广玉兰，想象从那宽大的树冠上看到的必定是另外一种风景，而眼前绿叶婆娑的星花，面对着的，仍是曾经让它心碎的场景——一片开着黄白相间小花的大草地。这时，我问起了杜鹃。

“明天四月份来吧，那时，园丁会把花盆移到这里，你可以看到几盆热烈的黄色杜鹃。”

猫咪在几天后被送了过去，但最终没有留下。

跟着小哥去后院参观家族早先养黑豹的空间时，一直安静地待在运箱里的猫咪，却出人意外地发出了低沉的吼声，天蓝色的眼睛里露出恐惧，瞳孔放大，脊背上的毛耸了起来，它感觉到了一百多年前曾在这里居住过的豹子的余威。

来年春天，由于各种琐事，终不得去探望盛开的黄色杜鹃，幸运的是，充分领略了自家院子中新添的星花木兰开放时那种婉约清丽之美。

花解语

玉兰花第一次给我留下深刻印象应该是在20世纪80年代，那个时候我还在上学。初春时节，乍暖还寒，风雨飘零，百花都在等待阳光的降临，彼此心中犹豫，相问何时可以盛开？玉兰却突然在一个晚上竞相开放。

在上海的街头，我看到一株又一株高大的玉兰，缀满一树花朵，洁白而素雅，高傲且孤芳，心里不禁为之震撼，同时也颇为疑惑：玉兰的品格符合中国传统文化的元素，为何却没有跻身于四大君子之花的行列？它有梅花的寒香，有兰花的高洁，有竹子的谦逊坚韧，也有菊花的孤芳自赏。

中国人在许多事情上都马马虎虎，唯独对取名字一事非常认真，甚至到了苛刻的地步。“玉”乃是中国人最喜欢的美石，没有之二，对玉石的喜爱简直到了痴迷的程度，“兰”也是中国人最喜爱的花卉之一，是文人雅士的象征，把“玉”和“兰”二字放在一起作为一个名字，真心不容易，由此可见人们对玉兰情有独钟。

也正在那个时候，白玉兰被确定为上海市花，根据官方表述，白玉兰象征着一种开路先锋、奋发向上的精神，展示城市的勃勃生机。上海这座城市时常被冠以“东方”称号，比如说“东方巴黎”“东方明珠”等等，俨然自己是“东方”的形象代言人，恰恰相反的是，自开埠以来的百年间，上海却是中国国际化程度最高的城市。也许正是因为坐拥大陆，面朝大海，这里成为东西方文化融汇与交流的高地，也是上海百年来长盛不衰的奥秘所在。

“等闲识得东风面，万紫千红总是春。”中国城市发展正处于百花齐放、群芳争妍的时代，白玉兰是否能够在下一个春天独占春色？现在还真不好下结论。

林乃炼

策　　划　苏晓晓
插　　画　熊梦霞

责任编辑　章腊梅
装帧设计　吕　山
责任校对　杨轩飞
责任印制　娄贤杰

图书在版编目（CIP）数据

花自在 / 高梁，高蕾著．-- 杭州：中国美术学院出版社，2019.12
ISBN 978-7-5503-2163-2

Ⅰ．①花… Ⅱ．①高… ②高… Ⅲ．①散文集 - 中国 - 当代 Ⅳ．① I267

中国版本图书馆 CIP 数据核字 (2019) 第 290856 号

花自在
高梁　高蕾　著

出 品 人：祝平凡
出版发行：中国美术学院出版社
地　　址：中国·杭州南山路 218 号　邮政编码：310002
网　　址：http:// www.caapress.com
经　　销：全国新华书店
印　　刷：杭州恒力通印务有限公司
版　　次：2019 年 12 月第 1 版
印　　次：2019 年 12 月第 1 次印刷
印　　张：15.75
开　　本：787mm×1092mm 1/16
字　　数：120 千
图　　数：19 幅
印　　数：0001-2000
书　　号：ISBN 978-7-5503-2163-2
定　　价：68.00 元

杭州市城市品牌促进会　出品